「悪いな――！
目の前で妹をやらせるなんて、
流石にさせらんねえからな……！」

Author
ハヤケン

Illustrator
Nagu

英雄王、武を極めるため転生す
そして、世界最強の見習い騎士♀

レオーネ
Leone

裏切りの聖騎士
レオンを兄に持つ騎士科の少女。
イングリスたちと別れ
アルカードの地で作戦行動中。

ユア
Yua
従騎士科に所属する二年生。
無気力な無印者だが
実力は折り紙付き。

エリス
Eris
カーラリア王国の聖騎士団に所属する
天恵武姫。一見すると不愛想だが
不器用なだけで根は優しい。

「天恵武姫(ハイラル・メナス)……!?
血鉄鎖旅団の……!?」

「邪魔をさせてもらうぞ——
同志を守ろうとする行為は
捨て置けん……」

システィア
Sistia
反天上領組織・
血鉄鎖旅団に属する天恵武姫。
何故かユアに対しては
態度が軟化する。

「せめて、戦いの祝福を……
その、できれば目を閉じて頂けると
助かります――」

正面から、上目遣いにラファエルを見つめる。
そして、その頬に
そっと手を伸ばして触れさせた。

イングリス
（クリス）
Inglis
遥か未来で美少女に
転生した元英雄王。
虹の王との決戦の地、
アールメンに辿り着き――。

英雄王、武を極めるため転生す
～そして、世界最強の
見習い騎士♀～ 8

ハヤケン

HJ文庫
1020

口絵・本文イラスト　Ｎａｇｕ

Eiyu-oh,
Bu wo Kiwameru tame
Tensei su.
Soshite, Sekai Saikyou no
Minarai Kisi “♀”.

CONTENTS

第1章 ♦ 15歳のイングリス　王子と王子　その1

アルカード王国内、リックレアの街跡そばの野営地。

カーラリアとの国境に布陣していたアルカード軍が、こちらに接近中。

それを率いるのはラティの兄、ウィンゼル王子だと言う。

現在のリックレアは、既にそこを支配していた天上人や天恵武姫ティファニエの脅威は去っている。

街は壊滅し、その跡地も『浮遊魔法陣』によって奪い去られてしまった。

だがそれでもこれからは、この地の解放を主導したラティ王子の下で、かつてのリックレアを取り戻すべく進んで行く。そんな状況だ。

決して、同じ国の軍隊に攻撃を受けるような状況ではない。

それなのに、ウィンゼル王子の部隊が向かって来るという事は——

「ふえっくしょん！」

ラティは大きく一つくしゃみをした。

野営地の中の、仮に建てられた兵舎の一つ。

そこにラティやプラム、騎士隊長のルーイン、レオーネ、リーゼロッテが集まって対応策を検討していた。

「ラティ、大丈夫ですか？　おはなが出てますよ？　ほら拭きますからじっとして下さい」

「い、いいよ自分でやるから！」

「ラティ王子。御身は大切なお体です、くれぐれもご自分を労わって頂きますよう」

ルーインがそうラティに進言する。

「ああ、だけどこんな時だからな……」

「こんな時だから、です。相手方の狙いは間違いなく御身。それに万一の事があってはなりません。それが、皆の不安に繋がりかねませんので」

状況は、ルーインの言う通りだ。

アルカードの国を外敵から守るために軍が動くような事態は過ぎた。

天上人は去り、国境近くまで出張っていたカーラリアの軍も撤退に入った。

これからは、アルカードの人間同士の争い――

ラティ王子とウィンゼル王子の、権力闘争による内紛。

はたから見れば、そう言われてしまうであろう事態である。

ラティは大きくため息をつく。

「ったく、こんな時に兄貴のヤツ……！　こんな事するような人じゃなかったのに」

それを聞きながら、レオーネに対しリーゼロッテが耳打ちをする。

「レオーネも、体調にはお気をつけなさいませね？」

「？　ええ」

レオーネとしては、そう言われる覚えもなかったのだが。

ただ、リーゼロッテが自分を気遣ってくれるのは有り難いので、頷いておく。

「ほら、夜中にも森で訓練なさっているでしょう？　竜の力――竜理力をより使いこなす訓練ですわよね？　竜の咆哮が遠くから聞こえてきましたもの」

「え？」

確かにレオーネの魔印武具には、イングリス曰く竜理力という竜の力が宿っているようだ。

それは、幻影竜という半実体の竜の眷属を生み出す力で、それを使うと幻影竜は大きな竜の咆哮を上げる。

が、イングリスとラフィニアが、蘇った虹の王と戦うラファエルの救援に向かって三日。

特にレオーネは夜中の訓練などはしていなかったのだ。

自分自身は夜中に目覚める事もなかったため、詳細は分からないが。

「リーゼロッテ、それって――」

事の詳細を尋ねる前に、宿舎の入口の扉が開く。

「ラティ王子！　ルーイン殿！　ウィンゼル王子より、返書を頂いて参りました！」

それは、こちらへ向かうウィンゼル王子の部隊へと差し向けた使者役の騎士だった。

ルーインの提案で、このリックレア方面に行軍してくる意図と目的とを問う書簡を送ったのだ。同時にアルカードの王都へは、現在の内戦一歩手前の状況を報告する書簡も送っている。

「ご苦労さん、ありがとうな。じゃあ、見せてくれ」

ラティは騎士を労いながら返答の手紙を受け取る。

目を通して行くと、その表情は曇る。

そして怒りと悲しみが同居したような、複雑な表情になり――

「ふえっくしょん！　くそっ……！」

「どっちにですか？　くしゃみか、手紙の内容か」

プラムはそう言いつつ、ラティの鼻を拭こうとする。

「どっちもだよ！　ってかそれはいいって……！　自分で拭くからさ！」

「ははは」

「仲がよろしいですわね」

レオーネとリーゼロッテとしても、それは微笑ましいのでいいのだが――

今気になるのは手紙の中身だ。

「王子。手紙を拝見しても？」

「ああ。読んでくれ」

ルーインはラティから手紙を受け取り、それをレオーネ達にも聞こえるように伝えてくれる。

「……なるほど、現在のリックレアはカーラリア側に内通したラティ王子がアルカードの土地を切り売りしたもので、実態は解放ではなく不当な占拠に過ぎない。真にリックレアの解放を為すのは自分達だ、と。虚実が入り混じっており、尤もらしくはなっていますね」

「そんな！　レオーネちゃんもリーゼロッテちゃんも、ここにいないイングリスちゃんもラフィニアちゃんも、みんなリックレアの人達のために、あんなに一生懸命になってくれたのに……！　ひどい……！」

プラムが怒りを露にする。

「だけど、私達がラティ達に協力してアルカードに潜入したのは事実だし、それを内通と言えば内通よね。不当な占拠はちょっと心外だけど」

「事を為す名分に関してはお互い様、という事でしょうか。ルーイン様、先方から何か要求はございますの？」

「ああ。カーラリア騎士は即座に国外退去。ラティ王子は国外追放。リックレアの土地の引き渡し……」

「それは……どうなのでしょう、もしかしたら……」

と、リーゼロッテは何か含みのある物言いをする。

言いたい事はレオーネにも分かった。

――要求通りにするのも、一考の余地があるかも知れない。

カーラリアの騎士、つまりレオーネとリーゼロッテが国外退去する事は、何ら問題ない。元々事が済めば帰還する予定だ。

もう一つ、ラティの追放。

だがこれは、一旦は要求を受け入れておいて、後でアルカード王に処分を取り消して貰うという道もあるような気がする。

あくまでもウィンゼル王子の要求であり、王命ではないのだから。

既に事情を説明する書簡は出しているし、ラティはアルカード王の実子でありウィンゼル王子は養子だ。

事情を知った王は処分を取り消し、ラティがアルカードに戻れるように取り計らってくれるだろう。

「ええ、もしかしたら罠かも知れないけど……」

それがこちらを油断させる罠で、安心したラティを暗殺するという線は考えられるが、そこはレオーネとリーゼロッテの出番だろう。

迫ってくるアルカードの軍隊と戦うよりも、悪くてもラティを暗殺者から守る方が、最終的な犠牲は少なく済むような――そんな気もする。

だがルーインは、そんなレオーネとリーゼロッテの考えをひっくり返す一言を発する。

「それから最後にもう一つ。プラム殿の身柄の引き渡し……条件は以上になる」

「「――！」」

プラムの兄ハリムは天恵武姫のティファニエの軍門に降り、このリックレア周辺を荒らしに荒らしていた。

元々は将来を嘱望される行政官であり、この国の大臣の子息であり――

それだけに裏切りの衝撃は大きく、買った憎悪もまた大きい。

プラム自身に罪はないが、人々の怒りのやり場は必要。そういう事だろう。

それだけに、要求は受け入れられない。

「前言撤回ですわ。徹底抗戦します！」

「私も！　要求は受け入れられないわ！」

「で、でも……私の事を除けば、悪くな……っ!?」

「お前は黙ってろ……！　それはもう散々やっただろーが」

ラティに手で口を塞がれて、プラムはもごもご言っている。

「ええ、そうですわ」

「いいわよ、ラティ！」

プラムは自分を引き渡せば、と言いたいのだろうが、それはない。

でなければラティは、この野営地に集まっている人々の前で、プラムを后にするなどと宣言しなかっただろう。

あの行動にはレオーネ達も、正直言って感動した。

だからラティの決定を尊重する。それだけだ。

「すまねえ二人とも、迷惑かけるな……」

「いいえ、乗り掛かった船ですもの」

「気にしないで」

と、そんな中ルーインがプラムに諭すように述べる。

「プラム殿。それに一つ付け加えて申し上げておきますと……ラティ王子が一度追放されてしまえば、恐らくもうアルカードに戻る事は叶いませんよ？　ですから、あなたが自らを犠牲としましても、お望みの結果になる事は、難しかろうと思います」

「え……どうしてですか？　ルーインさん」

　プラムの問いは、皆の疑問でもあった。

　皆黙って、その先のルーインの言葉に耳を傾ける。

「残念ながら、現国王陛下の王権は間もなく失われるからです」

「え……!?　どうしてだ……!?　まさか親父が重病!?　それか暗殺計画が……!?」

「いえ。自然とそのお立場を去らねばならぬからです。カーラリア程の大国の王相手に刺客を送り、攻め入ろうとした事実は無かった事には出来ません。状況が落ち着き次第、国王陛下はカーラリア側に許しを請い、関係を改善するように努めねばなりません。それには我が国がそれなりの態度を示す必要がある。その最低限が、事態を引き起こした責任を取り、国王陛下が退位なさることでしょう」

「……！　確かに、そりゃそうだよな……カーラリアからしたら謝罪だけじゃ済まねえもんな……」

「下手をすれば、国王陛下の自決や領土の割譲、莫大な賠償金など、諸々の条件が突きつけられる可能性があります。それを避けるにはともかく早く、そしてこちら側から謝罪に動く必要があります。いやむしろ、リックレアの解放の報を受けて、既にカーラリア側に申し入れている可能性すらあります」

「……ああ、早けりゃ早い方がいいな」

「そんな状況で、ラティ王子が国外追放されていたら……国王陛下が退位に伴いラティ王子を呼び戻そうとするとして、王でなくなる王の命に誰が従います？　ウィンゼル王子がそれを拒んで国王陛下を糾弾したら……周囲の者は、事態が紛糾して長引いているうちに、カーラリア側から誠意なしと見られて攻撃されるのを恐れます。つまりウィンゼル王子に味方し、王の意向は無視して退位を強制するでしょう。それが一番安全ですから。お分かりですか？　今ここで国外に退くという事は、未来永劫にわたる王権の放棄に、プラム殿との今生の別れも意味します。私にはとても勧められません」

「……よく分かったぜ、ルーイン。ここで日和るなって事だな。分かったなプラム」

「わ、分かりました……！　ごめんなさい。もう、言いません……！」

プラムは真剣な表情でそう言い、強く頷く。

「なお私の意見は、ここを発つ前のイングリス君と現状認識をすり合わせたものになります。彼女はこのような要求が為されることを予期していました」

「ははは……あいつはホントによく分かんねえなあ。どこまで見えてんだよ。他に何か言ってなかったか？」

「はい、ここでの一時撤退は完全敗北と同義。が、相手からこちらに来るのは逆に好機ゆえ、ここでどちらが王位を継ぐか決着をつけるべし、と」

ルーインが伝えるイングリスの言葉に、レオーネは頷く。

「……こういう時のイングリスの見立ては、いつも当たっていたわ。そう言うという事は、私達にはそれが出来るという事よね、きっと」

「信頼には応えてみせねばなりませんわね……ですが、こちらの戦力はわたくし達と、僅かな騎士隊の方々のみ。多勢に無勢なのは免れませんわね」

「ええ。私達がやらなきゃ……！　だけど、イングリスは全員みね打ちにするなんて言っていたけれど、私達の腕ではそんなの無理よ。だから覚悟は決めておかないと……ね」

つまり戦争をする覚悟、という事だ。

これまでにも人相手に戦った事がないわけではないが、本格的な軍隊との戦争は初めてだ。

「……正直、魔石獣と戦う方が気が楽ですが――弱音なんて吐きませんわ。それしかないのであれば、そうするのみです」

　頷き合うレオーネとリーゼロッテを頼(たの)もしそうに見つめつつ、ルーインは使者役の騎士に尋ねる。

「頼んでいた敵部隊の装備については、確かめて来てくれたか？　機甲鳥(フライギア)や機甲親鳥(フライギアポート)の保持数は……？」

「少数でした。斥候(せっこう)や物資の輸送に使う程度の数しか保有していないと思われます」

「そうか！　ならば全部隊を空輸するような事は出来ず、地上を行軍してくるという事だな……！」

「はい、あくまで機甲鳥(フライギア)や機甲親鳥(フライギアポート)は地上を行軍する主力の補助という形です」

「ようし、いいぞ……！　ならばあの策が打てる」

　ルーインは強く頷いていた。

「策……⁉　何かあるのか、ルーイン⁉」

「ええ。これもイングリス君と打ち合わせをさせて頂いております。多勢に無勢で無勢が正面突破(とっぱ)を仕掛(しか)けるなど無謀(むぼう)、策を以(もっ)て当たるべきとの共通認識を得ました」

「いやいや、あいつ一人で突(つ)っ込(こ)んで全員みね打ちにするとか言ってたじゃねえか。思いっきり無勢の方が正面突破してるんだがなぁ……」

「その点については……イングリス君の存在は、それ自体が策であると解釈すればよろしいかと」

ルーインは真面目な顔でそう断言した。

「はは。なるほど、モノは言いようだわな」

その言い回しに感心する。

「つまり、あの子は個人の枠を超えているという事ね」

「まあ、そうですわね。そう解釈するしかございませんわね」

「そのイングリスちゃんと相談した作戦は、私達にも出来るやつなんですか？」

プラムがルーインに問う。

「無論です、プラム殿。イングリス君は力の権化のようでいて、頭脳の方も実に明晰です。一国の宰相や、軍師をも目指せる器……直接我々を手助け出来ぬ代わりに、よい知恵を残していってくれました。必ずや、この劣勢を覆して御覧に入れましょう」

ルーインはそう言うと、この付近の様子を記した地図を卓上に広げた。

「我々は即座に準備を整え、ここを出撃して敵部隊を待ち受けます。場所は、ここです」

それはこの野営地から少し南に下った所にある東西に長い峡谷と、そこにかかる橋である。橋の北側、南側共に、道の脇が林になっているのが地図から分かる。

ルーインが指示したのは、その橋の北側の林。

敵軍から見て、橋を渡った直後の地点だ。

「レアラ峡谷の橋……？　橋なら敵兵は多く渡れねえから、そこで奇襲を掛けるって事か？」

「いいえ？　堂々と迎え撃ちますよ。ただし、多少の偽装は施しますが。これからその詳細を説明致します。敵部隊がここを通り過ぎてしまえば策は成り立たず、時間との戦いになります。説明後はすぐに行動を。それから、レオーネ君、リーゼロッテ君……策は成っても、最後は君達の武力が頼みだ。どうかよろしく頼む」

「分かりました！」

「ええ、承知いたしました……！」

そして作戦会議を終え、急いで準備に取り掛かったレオーネ達は――

「結局、いつもとやってる事が変わらないんだけど……!?」

レオーネは力を込めて、神竜の尾に黒い大剣の魔印武具を突き刺す。

このリックレアの野営地が出来てから散々繰り返して来たいつもの作業――竜の肉の切り出しである。

今日も今日とて、こういう時に手を抜かない生真面目なレオーネは、汗だくになりながら手を動かしていた。

「仕方ありませんわね……！　必要な事ですもの」

　リーゼロッテも同じく、汗をかいていた。

「そうだけど……イングリスってばよっぽどこの竜の尻尾が好きよね、食べたり、武器を作ったり、今度はまた作戦に使うなんて」

「怪我や病気に効くとも仰っていたような……？　でも、わたくしもこの竜の尾は好きですわよ？　ずっと肉切り作業を続けたおかげで、わたくし達の魔印武具も強くして頂きましたしね？」

　竜の力、竜理力――

　それが二人の魔印武具に宿ったのは、大量に竜の肉を切り続けたおかげだ。武器に竜理力が染み着いてしまったのである。

　イングリスの場合は異常なまでの量の肉を食べ続けたおかげで、竜理力を自分自身に取り込んでいたが。

「そうね。いい修行だったけど……ね。これが最後、頑張らないとね……！」

「ええ、今回は皆さんお手伝い下さっていますし、いつもより早く済みますわ……！」

　神竜の尾から肉を切り出す作業を行っているのは二人だけではなく――

ラティやプラム、騎士隊の全員、それに住民達も。総動員だった。

「皆、作業を急いでくれ！　終了次第尾を運び出すぞ！」

「「「おおおおおっ！」」」

ルーインの号令に応じる、多くの人の声。

間もなく作業は完了し、中の肉をくり抜かれた巨大な神竜の尾は、ルーインが迎撃場所だと示していたレアラ峡谷の橋へと運ばれて行った。

ビュウウウゥゥゥ――――！

耳に飛び込んで来る音は甲高く、頬を叩く風は冷たい。

空模様はどんよりと暗く、少し吹雪いているため視界は悪い。

だが、身を隠すにはいい天気だ。

これならば、本隊が見破られる心配はあるまい。

後は物見役として本隊が潜む林の上空にいるリーゼロッテが寒さを我慢すればいい。

機甲鳥(フライギア)の機体の大きさ、そして駆動音(くどうおん)と比べると、リーゼロッテの奇蹟(ギフト)の白い翼(つばさ)の方が、大きさも小さいし音も立たない。

斥候、偵察(ていさつ)としてはより適している。

ならば自分がやる。それだけである。

「……とはいえ寒いですわねぇ」

出来るだけ服を着込んではいるが、それでも体の芯(しん)まで凍(こご)えそうだ。

「どうせ来るなら早く来て下さいませ……！　翼まで凍えてしまいそうですわ……」

まあ奇蹟(ギフト)で形成した翼は、この程度で凍(こお)り付く事はないだろうが。

そんな事を言いたくなるくらいの寒さである。

と――

「……っ!?」

舞(ま)い散る雪で悪くなっている視界の奥(おく)に――

見えた。レアラ峡谷にかかる橋に向かって来ようとする部隊の影(かげ)。

「来ましたわね、作戦開始ですわ！」

リーゼロッテは敵軍が渡ろうとしている橋の先にある林へと下りて行く。

すぐに目に入るのは、林からこれ見よがしに街道(かいどう)にはみ出している竜の尾だ。

それが三本。

そして尾の根元の部分には、大きな白い塊（かたまり）。

遠目から見たら、巨大な尾とそれに見合う大きさの胴体（どうたい）である。

その胴体が雪と氷に埋（う）もれている、と見えるだろう。

無論外見を取り繕（つくろ）うための偽物（にせもの）である。

リーゼロッテが魔印武具（アーティファクト）に宿った、吹雪（ふぶき）を生む竜理力（ドラゴン・ロア）の力で作ったものだ。

「皆様（みなさま）！　敵影（てきえい）を確認（かくにん）しました！　ご準備はよろしいですか⁉」

「リーゼロッテ！　お疲（つか）れ様！」

レオーネが雪と氷で作った胴体部分から顔を出す。

中はくり抜いて、人が身を隠せるようにしてあるのだ。

それぞれの胴体部分には、十人以上の人間が潜んで待機している。

「ではラティ王子、作戦開始のご命令を！」

ルーインの呼びかけにラティは頷く。

「よし！　みんなやってくれ！　ホントに生きてるみたいに、元気よく頼むな！」

「「ははっ！」」

騎士隊の面々、それに住民の中から募（つの）った有志達が作戦に取り掛かる。

彼等は胴体の内側、更にくり抜いた尾の内側に入り込み――

ガガガガガガ…………！　ズズズズズズ――！

中に仕込んだ骨組みを人力で左右に動かし、生きているように見せかける。

更に――

「私もッ！」

レオーネは空に向けて、黒い大剣から幻影竜を打ち上げる。

グオオオオオオォォンッ！

幻影竜が上げる竜の雄叫びが、寒空の中に響き渡る。

橋の出口の林の中に埋もれて、太い尾をうねらせ、咆哮を上げている巨大な生物。

これを相手方から見た場合、かなりの威圧感を生むはずだ。

◆◇◆

「ウィンゼル様！　ウィンゼル様！　大変で御座います！」

リックレアに進軍中の、部隊の後方。

まだ二十歳を少し過ぎたばかりの若い総大将の下に、慌てた様子で伝令がやって来る。

「どうした、何事か⁉」

ウィンゼルは威厳と自信に満ち溢れた声で応じる。

跨っている馬は、通常を遥かに上回る立派な体躯。

黒に赤い斑模様が混じった異相をしており、たてがみや尾も赤い。

特に尾は、厳密には尾のような形をした炎の塊にも見え、それが触れると実際に地面の雪が溶け出してもいる。

明らかに普通の馬ではない迫力。

それにウィンゼル自身の年齢に見合わぬ落ち着いた振る舞いもあり、報告に訪れた伝令も、彼を前に頼もしさを覚えた。

「はっ！　前方の橋を抜けた林に、巨大な魔石獣が潜んでおります！」

「何……⁉　魔石獣だと！　よし、見て参る……！　報告ご苦労！」

ウィンゼルは馬を軍の先頭まで走らせる。

その速度は異常とも言える程。

速度だけで言えば、機甲鳥でも追いつくことは難しいだろう。

軍の先頭、レアラ峡谷の橋の手前までやって来ると、決して良くない視界の中にも、向こう岸にたむろする巨大な姿が目に入る。

「……！　ほう、相当大型の魔石獣だな……」

丸太を何本も束ねたような巨大な尾。雪に埋もれているが、小山のような巨大な体。

それが起き上がった時の事を考えると――

グオオオオォォ――ンッ……！

風に乗って怖ろしげな咆哮が、こちらまで響いてくる。

「お、おおお……？　な、何だあの巨大な魔石獣は⁉」

「あ、あんなものがいたら……このまま行軍すれば襲われるのでは……⁉」

「だが迂回しようにも、他に道は……！」

グオオオオォォ――……！

再び咆哮。

「「「ひぃぃっ！」」」

兵達は完全に怯(おび)えていた。

元々のアルカード軍の体質でもあるが、この部隊も魔印武具(アーティファクト)を装備した騎士の数は少ない。

全軍を魔印武具(アーティファクト)所持者で固める部隊編成など、大国カーラリアや軍事国家ヴェネフィクでもなければ難しいだろう。

アルカードの国柄(くにがら)は、土地柄(とちがら)に見合った清貧(せいひん)。そんな余裕(よゆう)はないのだ。

カーラリア領内への侵入(しんにゅう)を窺(うかが)う、いわば人対人の戦いを想定した部隊であれば、魔印武具(アーティファクト)がなくとも構わないのだが、魔石獣に通常の武器による物理的攻撃は通用しない。

特に、魔印武具(アーティファクト)を持たぬ兵にはあれは恐ろしいだろう。

ましてウィンゼル自身もこれまで目にしたこともないような、巨大な魔石獣である。

「落ち着け！　お前達大切な兵に、魔印武具(アーティファクト)もなしにあれに突撃(とつげき)せよなどと無茶(むちゃ)を言うつもりはない！　全軍停止！　風雪を避け、あちらの林の中で野営の準備に移れ！」

ウィンゼルは橋の手前の林を指差し、命を下す。

これで橋を挟(はさ)んで、巨大な魔石獣とこちらの部隊が対峙(たいじ)する形だ。

「あんなものが三体も潜んでいるとはな……ラティめ、やはり国内の魔石獣の増加が天上人(ハイランダー)

による偽工作だなどと、俺を謀ったか……？」

全軍が林の中に移動し、野営の準備に取り掛かる中、ウィンゼルは周囲に告げる。

「魔印武具を所持する騎士達は、設営は他の者に任せこちらに集合せよ！　進路を塞ぐあの魔石獣の対応策を練る！」

とは言え、方針はほぼ自分の中で決まってはいるが。

魔石獣への攻撃に魔印武具を持たない兵を差し向ける意味はない。ならば少数精鋭、である。

小一時間が過ぎ――

「では、選抜した精鋭たる諸君らに、あの魔石獣どもへの威力偵察を命じる。近づいて様子を窺い、あちらが動き出し攻撃してきたら反撃せよ。だが決して深入りはするなよ。敵わぬと見たらすぐ引き返せ。最優先は、誰も死傷者が出ん事だ」

「「「ははっ！」」」

ウィンゼルの命に、選抜された騎士達が応じる。

「では行け！　出撃！」

騎士達の乗る機甲鳥が飛び立って行く。

ウィンゼルの部隊には数少ない機甲鳥だが、少数の作戦行動にならその存在を十分に活かせる。

が、飛び立って行く機甲鳥(フライギア)の機影(きえい)を見送りつつ、ウィンゼルは人知れず一つため息をつく。

はじめから自分が出張れば済むものを。

だが、総大将が未知の敵相手に突入(とつにゅう)など、必ず反対する者が出る。

それを避けるため、一度は部下に任せる姿勢を見せねばならない。

そしてそれが難しかった時にはじめて、自分が自ら出る、と。

「……性に合わんが、この国のためとあらば、やってみせるさ。それが恩を返すという事だ」

ウィンゼルはそう呟(つぶや)いた。

飛び立った機甲鳥(フライギア)に乗る騎士達は、橋の向こう側の林にたむろする魔石獣へと近づいて行った。

グオオオオォォッ！　グオオオオォォォォンッ！

魔石獣達(ませきじゅうたち)から上がる咆哮が、俄(にわ)かに活発になる。

巨大な尾の動きもますます大きくなる。

「……！」

「こ。こっちに気が付いたか⁉」

騎士達はいったん、機甲鳥（フライギア）の動きを制止する。

魔石獣の咆哮は激しいものの、雪に埋もれた体が起き上がったり、何か攻撃を仕掛けてくるわけではなかった。

「――気づかれたかも知れんが、攻撃はないな……」

「もう少し、近づいてみよう……！」

「慎重（しんちょう）にな！　ウィンゼル王子もそうお命じだ！」

「よし、行くぞ……！」

更に近づいていく。

慎重に、少しずつ、少しずつ。

「近づいて見れば見る程、こいつはデカいな」

「ああ、とんでもないな……！」

「こんなのが起きて襲ってきたら……」

更に距離（きょり）が詰（つ）まって行く。

「もう魔印武具による遠隔攻撃が届くんじゃないか……!?」

「よし、撃って反応を確かめてみよう！」

「分かった、行くぞ！」

騎士達は装備した魔印武具から炎の弾や風の刃を発して攻撃を行う。

それは巨大な尾の表面を撃ち、あえなく弾けて消えてしまった。

傷をつける事は叶わず、全く効いていないように見える。

「……効かんか!?」

「接近して、直接攻撃してみるしかないか？」

「だが危険だぞ……!?」

「いや、見ろ。攻撃してもあいつの様子は変わらないぞ……もっと接近してもいいんじゃないか？」

「そうだな。ひょっとしたらあいつ、体が雪に嵌って動けなかったりするのかな……」

「ははは、まさか」

「だが、近づいてみるのは試してみるべきだ。ひょっとして接近しても攻撃して来ないならば、わざわざ倒さずとも、無視して横を通り抜ければいいんだからな」

その意見には、騎士達の賛同が集まった。

「そうだな、その通りだ」

「よし、行ってみよう」

「油断をするなよ……！」

そうして、機甲鳥(フライギア)は巨大な尾のすぐ近くに降りて行き――

騎士達の目の前と周囲の光景が、突如(とつじょ)として真っ暗になった。

「「「……っ!?」」」

「「「な、何だ……っ!?」」」

目の前に見えていた白い景色も、雪が舞う風音も、全てが無くなり真っ黒な景色に。

機甲鳥(フライギア)で浮(う)いているはずだが、全てが真っ黒であるためどこが地面かも分からない――！

「今よ！　リーゼロッテ！」
奇蹟(ギフト)を発動したレオーネは、即座にリーゼロッテに呼びかける。
この黒い空間は、レオーネの黒い大剣の魔印武具(アーティファクト)の力。
異空間を生み出し、周囲の人間を隔離(かくり)や退避(たいひ)させるものだ。

元々はセオドア特使が、リップルが呼び寄せてしまう魔石獣を周囲に被害を出さずに倒すために用意したものだが——またここで役に立った。

これが、イングリスの残して行ってくれた作戦の肝だ。

部隊の進軍上避けられない地形に、フフェイルベインの尾を使った偽装を施す。

竜など一般的な存在ではないから、それを見た者はまず魔石獣だと判断する。

相手が魔石獣となると、通常の部隊は戦力にならない。

魔印武具を持つ騎士で対応を行おうとするはず。

そして、アルカードの部隊の魔印武具の所有数は多くない。

ゆえに少数精鋭が接近する事になるはず。

そこを、レオーネの魔印武具の奇蹟で異空間に引き摺り込んで無力化するのだ。

相手はせいぜい十数名。

これくらいの数ならば、レオーネとリーゼロッテが十分対応出来る！

「ええ、お任せになって……！」

リーゼロッテが白い翼の奇蹟を発動。

高速で機甲鳥に乗った騎士達の背後に回り込む。

「「っ⁉　何だ——⁉」」

その速度に、並の騎士と機甲鳥(フライギア)では付いて行けない。

反応が遅(おく)れ、停滞(ていたい)している様子はリーゼロッテにとってはいい的だった。

「足がお止まりですわよ！」

リーゼロッテは魔印武具(アーティファクト)の斧槍(ハルバード)を前に突き出す。それは、仄(ほの)かに青白い輝(かがや)きを帯びていた。

ブオオオオオォォォッ！

冷たく輝く猛烈(もうれつ)な吹雪が、斧槍(ハルバード)の先端(せんたん)――竜の顎(あぎと)のような形になっている部分から放出される。

元々はこのような形状ではないが、竜理力(ドラゴン・ロア)が浸透(しんとう)し、竜の顎の形に変形したものだ。

神竜の力の一部を宿した吹雪の威力(いりょく)は、凄(すさ)まじい。

イングリス曰(いわ)く、あの巨大な竜の持つ数々の力の中でも、必殺と言える竜の吐息(ドラゴン・ブレス)の力の一部だそうだ。

あくまで一部の力だが、それでも並の魔印武具(アーティファクト)の奇蹟(ギフト)とは比較(ひかく)にならない。

直接人体に当てれば、凍り付いて更に風力で弾(はじ)き飛ばして砕(くだ)きかねないため、狙(ねら)いは彼らの乗る機甲鳥だ。

リーゼロッテは斧槍を横に大きく薙ぐ。

広範囲に放射される竜の吐息は、狙い通り彼等の機体を捉え、あっという間に凍り付かせる。

「うおおおぉぉぉっ⁉」

「落ちるっ⁉」

凍り付いた機甲鳥はそれ以上浮いていられず下に墜ち——

そこにレオーネが待ち構えていた。

既に、目一杯に黒い大剣の魔印武具を振りかぶっている。

「荒っぽくてごめんなさい！」

奇蹟を発動。

黒い大剣の刀身が大きく伸びて拡大し、下に墜ちた騎士達を一斉に薙ぎ払う。

「「「うおおおぉぉっ⁉」」」

「「「ぐあああぁぁっ⁉」」」

薙ぐと言っても、刃は立てずに剣の横腹で殴打する形に止める。

巨大な質量で殴り飛ばされた騎士達は悲鳴を上げ、弾き飛ばされ倒れ伏す。

「よし……！」

この程度の規模の敵であれば、リーゼロッテと連携し、敵の命を取らずに制する形を取る余裕も出来る。

大量の敵が押し寄せる中、あの野営地を守る戦いとなると、そんな余裕はなかっただろう。必要とあらば躊躇いはしないつもりではあるが――

やはり出来るなら、敵味方共に被害は少ない方がいい。同じ人間同士なのだ。

「みんな今だ！　あいつらが気絶してるうちに、縛って動けないようにするぞ！」

後方にいたラティが、そう指示を出す。

「「「おおっ！」」」

ルーインや騎士隊や住民の志願兵達が、一斉に動き出す。

敵騎士達を巻き込む範囲に異空間の奇蹟を発動すると、どうしても彼等も影響を受けてしまう。

それは別に悪い事ばかりではなく、叩きのめした敵をこのように素早く拘束出来る。

「レオーネ！　お見事ですわよ！」

「リーゼロッテもね！　助かったわ！」

「いえいえ、わたくしと言うよりも、この子のおかげですわ」

と、嬉(うれ)しそうに魔印武具(アーティファクト)に頬ずりしている。

リーゼロッテはこの竜理力(ドラゴン・ロア)の力を相当気に入っているようだ。

「ははは、気に入ってるわねえ」

「ええ……！　わたくしの奇蹟(ギフト)の翼だけでは、高速に広い範囲を動き回る事は出来ても、制圧は出来ませんでしたでしょう？　どうしても直接斬(き)る突くしか出来ませんでしたから……その点この竜の吐息(ドラゴン・ブレス)の力があれば、広範囲に強い攻撃を撒(ま)き散らす事が出来ますわ……！　もの凄(すご)くわたくしの弱点を補う事が出来ると思いますの！」

「そ、そうね、次もお願いね……！」

「お任せ下さいですわ！　イングリスさんのおかげで、気兼(きが)ねなく戦えますしね」

リーゼロッテは笑顔(えがお)を見せる。

このイングリスとルーインの策ならば、大量の敵が一気に押し寄せる事はなく、対魔石獣にと小出しにやって来る騎士達を逐次(ちくじ)撃退(げきたい)し続ければいい。

敵を殺さず捕(と)らえる余裕も持つ事が出来る。

おかげでレオーネやリーゼロッテにとって精神的な負担も少ない。

イングリスは多分、そこまで考えて策を残して行ってくれたのだろう。

自分の戦いの事になると異様な情熱と執念(しゅうねん)を燃やし、その拘(こだわ)りぶりは常軌(じょうき)を逸(いっ)している

し理解出来ないが――

それ以外の事になると、人の心の機微を知り、寄り添ってくれる包容力のある娘だ。

「レオーネちゃん！　みんな縛れました！　元に戻して貰っていいですよ～！」

プラムも一緒にいるのだが、今はお休みである。

何故なら、彼女の魔印武具の奇蹟は、竪琴が放つ音色で、周囲の魔印武具の性能を強化するもの。

この状況でそれを使えば、敵騎士が持つ魔印武具まで強化されてしまうのだ。

プラムの力は魔印武具を持つ騎士同士の戦いではなく、魔石獣等の人外との戦いでのみ真価を発揮出来ると言っていいだろう。

本人もそれが分かっているので、ラティ達に交じって手伝う方に回っていた。

落ちた位置でなく、場所もしっかりラティ達が最初にいた辺りに引っ張っている。

異空間から元の空間に復帰した時、ラティ達が潜んでいた偽装した魔石獣の胴の中に戻るようにだ。

「ええ！　じゃあ戻すわね……！」

レオーネはプラムに応じる。

これを続け、やがてあちらの軍を率いるウィンゼル王子を引き摺り出して捕らえる。

そうすれば、総大将を押さえられた残りは抵抗しないだろう。

こちらにはもう一人の王子であるラティがいる。

ウィンゼル王子は上級印を持つ手練れの騎士であると聞いた。

ゆえに、対魔石獣ならば自らが出張って来ざるを得なくなるだろう。

他の者が敵わないのならば、いずれ一番の戦力を投入するしかない。

元々戦陣は好む性格のようなので、それもそう遠くはないだろう。

その時が最終的な勝負。ルーインが最後はレオーネ達の武力が頼みだと言ったのは、そういう事だ。

そしてレオーネ達の予測通り、その最後の場面はすぐにやって来た――

先陣の騎士達を迎撃して、数時間後。

再び橋の向こうの林から、機甲鳥と騎士達の小隊がこちらへと向かって来た。

その先頭に立つ機体に乗る人物を偽装の内側から覗き見て、ラティが鋭くレオーネ達に呼びかける。

「……来た！　あの先頭に乗ってる奴……！　うちのウィンゼル兄貴だ……！」

「――！　そう……分かったわ、早いうちに本命が来てくれたわね」

「こんな所まで、イングリスさんの読み通りですわね……！」

「最後まで読み通りにしてあげないとね……私達にかかっているわ……！」

息を潜めて、ウィンゼルの様子を窺う。

大胆にも自分だけ先頭の機甲鳥から飛び降り、こちらへと向かって来る。

大した度胸だ。先行の騎士達は戻らなかったから、最大の戦力である自分が出て、これ以上部下の被害が出ぬようにとの考えだろうか。

レオーネとしては感心すべき態度だが、その状況、位置では裏目だ……！

周囲の皆(みな)に、レオーネは目配せをして合図する。

もう少し近づいたら、仕掛ける。

これならば周囲の騎士も無視して、ウィンゼルだけを異空間に取り込む事が出来る。

――今だ！

「奇蹟(ギフト)……！　異空間へ……っ！」

魔印武具(アーティファクト)の黒い大剣の先端を、地面に突き立てる。

視界が一瞬(いっしゅん)ぐにゃりと歪(ゆが)み、次の瞬間(しゅんかん)には、真っ黒い何もない空間に。

前方には一人、ウィンゼル王子が取り残されたように立っている。

狙い通りだ。突出(とっしゅつ)した彼だけを引き込む事に成功した。

ならば早々に、決着をつける！

「リーゼロッテ！　行くわよ！」

「ええ、レオーネ！」

レオーネは駆(か)け出し、リーゼロッテはその頭上を飛ぶ。

接近するこちらの様子に、ウィンゼル王子は動揺(どうよう)を見せずに泰然(たいぜん)と呟く。

「ほう。これは奇蹟(ギフト)か……なるほど魔石獣(ませきじゅう)で道を塞(ふさ)ぎ、魔印武具(アーティファクト)を持つ者のみをおびき出し各個に撃破する、か……いい作戦だな」

「そうお思いなら、すぐに降伏して頂けると助かります！」

「残念ながらあなたはお一人、完全に孤立していますわ……！」

「ふむ、こんな少女が。その上級印は……お前達、我が国の者ではないな？　ティファニエの手下でもない……となると、あの女をリックレアから叩き出したというのは本当だったか。その点に関しては、礼を言おう。かたじけない」

ウィンゼルが頭を下げたので、レオーネもリーゼロッテも戸惑った。

「い、いえ……！」

「な、何だか思っていたのと違いますわね……」

「そ、そうね……」

レオーネもリーゼロッテに同意せざるを得ない。

話せば分かるのではないか、と。そう思えてならないのだ。

「それはこちらも同じ事だ。君達は如何にも無垢で、善意に満ちた顔をしているが……自分達のやっている事が分かっているのか？　アルカードを守護する立場を負う俺からすれば、リックレアにティファニエが居座っているのも、カーラリアの騎士が居座っているのも本質的には同じだ。それが民を虐げるクズかどうかの違いはあれど、侵略には抗わねばならん」

「ち、違います……！」

「わたくし達はそんなつもりでは……！」

「では、どういうつもりだ？」

そう言われて二人は振り返る。

そもそもアルカードにやって来たのは、アルカード側からカーラリアへの侵攻軍を止めるためだった。東のヴェネフィクと北のアルカードから、カーラリアが挟撃されるのを防ぐためである。

政変を起こさせ侵攻を止めさせる。あるいは侵攻軍への直接攻撃。

手段は明確に決めず、目的だけがあり、そしてアルカードに潜入して――

だがそもそもアルカード行きを提案したイングリスの目的としては、それは表向きの半分に過ぎず、裏の半分は強い敵と戦えるかもしれないから、だ。

裏の目的は結構果たされただろうし、レオーネもリーゼロッテも恩恵を受けたが、今ここでそんな事を言えるはずもない。

それにそれは、イングリスの考えであってレオーネ達の考えではない。

自分達の素直な気持ちは――

「わ、私達はラティとプラムを助けるためにここにいます！」

「ええ、侵略をするつもりなどありませんわ！　事が済めばすぐに出て行きます……！」

「そうだ、ウィンゼル兄貴……！　みんな俺に力を貸してくれただけなんだ！」

レオーネとリーゼロッテに続いて、ラティの声。

前に出て来てしまったらしい。

とはいえウィンゼルと話し合うならば、ラティが話す方がいいのは確かだ。

「だから止めてくれ、こんな事は！　天上人（ハイランダー）はもう追い出したんだ……！　最初に魔石獣の仕業（しわざ）に見せかけてリックレアを潰（つぶ）したのも奴等だ……！　最初から俺達（おれたち）は騙（だま）されてたんだよ！　だからもう同じアルカードの人間同士で戦う必要なんてねえだろ……！　なあ――！」

ラティは必死にウィンゼルを説得しようとするが、ウィンゼルの表情は動かなかった。

「――一つ言っておく。侵略者（しんりゃくしゃ）とそれに担（かつ）がれた軽い神輿（みこし）というのは、皆そのような物言いをするものだ。貴国のため、良かれと思って……彼らは自分達の国のため、力を貸してくれている、となる。自分がその典型の物言いをしている事に、恥（は）ずかしさを覚えないのか？」

「「……！」」

「くっ……！」

レオーネとリーゼロッテは唇を噛み、ラティは俯く。

「ダメだな。何を恥じている」

「えっ……？」

「皆そのような物言いをするのは何故か？　知恵が足りぬわけではない。それが悪くない方便だからだ。そう言っていれば政治的な負けはない。それを分からず恥じているようでは、大方全ては誰かの入れ知恵だな……子供が悪い大人に誑かされているだけだよ、お前は」

　確かに大まかな方策であるとか方便であるとかは、全てイングリスが皆を導いたものだ。リックレアに囚われていた捕虜からルーインを救出した後は、それにルーインも加わって今がある。

　ただ本当に最初。リックレアに向かう事を決めたのはラティだし、イングリスはその気持ちに寄り添ってその後の計画を立ててくれた。

　だからイングリスが操っていたわけではなく、ラティの意志をイングリスが後押ししてくれた。それは絶対に確かな事だ。

「違う……！　俺はティファニエやハリムがやってる事を見てられなかったから……！」

そのせいでプラムが苦しむのを、俺が守ってやらなきゃって思ったから……！」

「――そもそも、その原因となったのはお前でもある……」

ウィンゼルの眼差(まなざ)しが厳しくなる。

「何だと……⁉　俺が何をしたってんだよっ⁉」

「何もしていないからだ……！」

「……⁉」

「あの天恵武姫(ハイラル・メナス)……ティファニエは正真正銘(しょうしんしょうめい)のクズだ。それはお前のせいではない……が、あんな女に籠絡(ろうらく)されてしまったハリム達の心根に何があったと思う？　それはこの国の未来への不安だ。我らが父はもう老齢(ろうれい)……後を継(つ)ぐべきお前は劣等感(れっとうかん)か何か知らんが、他国にふらふらと自分探しだ。国に向き合わぬお前の姿勢が、彼らの心に疑心暗鬼(ぎしんあんき)を生み、ティファニエに付け入る隙(すき)を与(あた)えた……！　その反省はないのか……⁉」

ウィンゼルはラティを強く指差す。

その手の甲(こう)には――

「……特級印っ⁉」

「まあ、ウィンゼル王子は上級印の持ち主だと……！」

「ウィンゼル兄貴が……⁉　俺がアルカードを出るまでは、こんなんじゃなかったのに

……！」

「魔印(ルーン)は必ずしも、後天的に成長しないわけではない。『洗礼の箱』で刻み直す必要はあるが……な！」

ウィンゼルはグッと強く拳(こぶし)を握(にぎ)る。

「見ろ、ラティ！　これが俺がこのアルカードのため、力を磨(みが)き続けてきた証！　俺がこの国に向き合う覚悟(かくご)だ！　俺がこれを身に着けている間、お前は何を得て来た⁉　まさか味方面(づら)した侵略者の用意した神輿の乗り方だけとは言うまいな……⁉　そんなお前を、次代の王に頂いて支える気は失(う)せた！　命まで取ろうとは言わんが、二度とこの国の土地は踏(ふ)ません……！　カーラリアの侵略者にもな！　そして大逆人の家の者は誅殺(ちゅうさつ)する！」

「くっ……！　あんたの言う通りの所もあるかも知れねえけど、ここは譲(ゆず)らねえ！　俺はもう国から逃(に)げねえ！　俺は俺の意思で、この国を継ぐ！　そう決めたんだ……！　もう取り返せねえものはあるが、これから出来る事もある……！」

「ふっ……！　抜(ぬ)かせ、こんな幼気(いたいけ)な少女に頼(たよ)らねば何も出来ん無印者が！　お互(たが)いに体裁を取り繕(つくろ)えば、最後に事態を動かすのは力……！　お前達は俺を策に嵌(は)めた気かも知れんが、俺にとっても好都合。リックレアの避難民(ひなんみん)を傷つけずに、お前達だけを捻(ひね)り潰せば全ては解決だ……！」

言って身構えるウィンゼルは、完全に戦いに入る姿勢だ。

「馬鹿にするな……！　俺だってなぁ！」

声を上げるラティとウィンゼルの間にレオーネは割り込み、制止をした。

「ラティ！　下がって！」

「後はお任せになって下さい……！」

「す、すまねえ……！　頼む！」

ラティは悔しそうな表情を見せながら、後ろに下がって行く。

その様子を見て、ウィンゼルは一つため息をつく。

「女を斬るのは性に合わんが、仕方があるまいな……！」

そういう事はあまり言われた事がないので、少々物珍しかった。

「お気遣いなく！」

「カーラリアの騎士に、そんな遠慮は無用ですわ……！」

カーラリアの場合、古くから天恵武姫の存在があり、深く敬愛されている。

彼女らの姿を見ているカーラリアの騎士達には、女性が強く、戦いにおいて力を持つ事に違和感はない。そのため、戦うとなっても油断も遠慮もない。

ウィンゼルの言葉はカーラリアとの文化の違い――天恵武姫を頂いて来なかった国ゆえ

のものなのだろう。

「勇ましい事だ。戦場に立つ以上、男女は関係なく騎士は騎士という事だな……！　気に入った、同じく王族だろうが何だろうが関係はない。遠慮なく俺の命を取りに来るがいい……！」

とは言えまだウィンゼルは何の魔印武具（アーティファクト）も構えておらず、レオーネとしては出方を迷う所だ。

相手が何の武器を使うのか、それが剣なのか、槍（やり）なのか、弓なのか。

それが分かれば、間合いの測り方も考えられるのだが。

天恵武姫（ハイラル・メナス）を伴（ともな）っているわけではないので、最大でも上級魔印武具（アーティファクト）に留まるだろう。

だが、ウィンゼル自身は特級印の持ち主。

いわば単独行動しているラファエルやレオンと同じ——

レオーネやリーゼロッテより格上だ。

レオーネ自身、レオンに追いつこうとずっと努力と訓練を怠（おこた）らずに重ねて来たが、それはまだ高い目標だと思っていた。

今この場でその目標を超（こ）えて見せねばならなくなるとは、流石（さすが）に緊張（きんちょう）を覚える。

「レオーネ！」

「……！　リーゼロッテ……」

「大丈夫ですわ……！　一人で戦うのではありませんから！　あなたには、わたくしが。わたくしには、あなたが！　それに二人とも、こちらに来て新しい力も得ました。ですから、結構いい線行くと思いますわよ……!?」

リーゼロッテはレオーネを鼓舞する。

レオーネが特級印を持つ兄レオンを自らの手で捕らえて家の汚名を返上しようとしている事は、本人も公言している事だ。

だがその様子を近くで見ていると、本人は認めたがらないだろうが、心の内ではレオンの事をとても尊敬し、憧れている事も見て取れるのだ。

ゆえにレオンに追いつこうとするレオーネの目標は、本人にとっては実態よりもずっと高く遠いものに感じられてしまうのだ。

ウィンゼルはレオンと同じ特級印。

それが、レオーネにとって特別な意味を持ってしまう。

相手を上に見過ぎてしまい、肩に力が入り過ぎ不要な萎縮を生むのだ。

それは良い事ではない。実力を発揮できなくなってしまうから。

リーゼロッテはそれを取り払うために、あえて大きい事を言ったのだ。

それに、あながち間違(まちが)っている事を言っているわけでもない。

何故なら、イングリスがそう言っていたからだ。

今の自分達はどの位の実力なのだろうかと聞いた時に返って来たのが、天恵武姫(ハイラル・メナス)を持たない状態の特級印の騎士なら、二、三人でかかれば十分勝負になる——というものだった。

リーゼロッテもラフィニアもレオーネも、みんなよく訓練して実戦もしており、複数の奇蹟(ギフト)や竜理力(ドラゴン・ロア)の宿った魔印武具(アーティファクト)など、上級印を持つ騎士の中でもかなり上に来た事は間違いない、との事だ。

ラフィニアはイングリスと姉妹(しまい)のように育って来た仲なので、言ったり聞いたりしなくても悟(さと)れるのか、自分の強さがどの程度かとか、そういう評価をイングリスに求めたりしない。単にイングリスが常に横にいる前提で考えて、気にする必要がないと思っているのかも知れない。

それくらい、イングリスのラフィニアに対する絶対的な溺愛(できあい)ぶりは明らかだから。

レオーネは割と思(おも)い詰めるタイプなので、イングリスから「とてもレオンとは戦えない」というような評価をされてしまうのが怖(こわ)いのか、こちらもそういう意見を求める事はなかった。訓練自体は、イングリスとも一緒によく頑張(がんば)っているのだが。

だがリーゼロッテはラフィニアほど悟っていないし、レオーネほど思い詰めてもいないので、以前から結構気軽にそういう評価をイングリスに求めている。

その最新の評価が、先程のものだ。

こと戦闘行為に関しては、イングリスほどに熱意を持ち、意識高く取り組んで結果も出している存在をリーゼロッテは知らない。

だからその評価に興味があるし、見解には全幅の信頼を置いている。

イングリスも忖度なしに真実を答えてくれていると思う。

一度、騎士アカデミーの自分達の学年では、誰がイングリスに次ぐ強さなのかと質問してみた事があるのだが、その時はもの凄く声を潜めてラフィニアには絶対に言わないように釘を刺した上で、レオーネだと思うと答えてくれた。

ただ、ラフィニアやリーゼロッテとは殆ど横並びだ、とも。

半歩くらいレオーネが先に行っているらしい。

あれからイングリスの評価がどう変わったか、また聞いてみるのも良いだろう。

だがそれも、無事にカーラリアへ帰還してから。

幸いリーゼロッテの鼓舞で、レオーネの不要な萎縮は解けたようだ。

「そうね……！　二人で力を合わせれば……！」

「ええ、そういう事ですわ！」

二人は視線を合わせて頷き合って――

「では、わたくしが先手をっ！」

リーゼロッテは空中からウィンゼルの背面に回り込む。

レオーネと挟み込む位置取りだ。

そして距離は維持したまま、竜の顎の形のようになった斧槍の先端から、猛吹雪を吹き付ける。

ブオオオオオォォッ！

ウィンゼルの魔印武具はまだ正体が知れない。

空中から距離を取って攻撃というのは、最も安全な方法だろう。

レオーネは大剣を振りかぶりながら、ウィンゼルの動きを注視する。

隙あらばすかさず、刀身を伸ばして攻撃する――

「ほう、翼の奇蹟だけではないのか」

言いながら、高く跳躍するような回避の動きを取る。

吹雪はかわせるだろうが、その動きは、レオーネには少々不用意にも映った。

高く跳んでしまえば、着地するまでの間、空中で姿勢を変えるのは難しい。

なら、今だ。

相手もこちらの奇蹟の事はまだ分かっていないはず――！

「それならっ！」

レオーネは斜めから切り下すように斬撃を放つ。

同時に刀身はグンと伸び、一気にウィンゼルを剣の間合いの内に収める。

「なるほどな。隙は見逃さぬというわけか……！　だが……！」

ウィンゼルは空中で脚甲を一度叩き合わせるような、不思議な動きをする。

それは回避には無駄な動きのようにしか見えなかったが――そうではなかった。

脚甲が打ち鳴らされるのを合図にウィンゼルの真下に立派な体格の黒に赤い模様の馬が現れ、彼をその背に戴いたのだ。

そして瞬時に低く早く跳躍し、レオーネの剣の範囲から抜け出してしまう。

「すまんな、それは隙ではなくてな……！」

「奇蹟で馬が……!?」

あの脚甲が魔印武具で、この黒に赤模様の大型馬が奇蹟で生み出されたのだ。

レオンも雷の獣を生む魔印武具を愛用していたから、あり得ない事ではないだろうが――

あの雷の獣は明らかに実体ではないかりそめの存在だったが、こちらの馬はより実体的で、生きている本物のようにしか見えない。

「炎馬スレイプニル……！　俺の愛馬よ！」

ウィンゼルの声があっという間に大きく強く、近くに響いてくる。

剣を空振りした隙を縫い、炎馬が凄まじい速度でこちらに突進して来た証拠だ。

重そうな馬鎧も装備しているのに、まるでその影響を感じさせない。

「っ！」

左右に避けている時間がない。それ程に炎馬の突進が速い。

かと言ってまともに突撃を受けるのは、どうにか避けねば。

レオーネは剣先を足元に向ける。

「伸びてっ！」

即座に伸長した刃はレオーネの軽い体を宙に持ち上げ、炎馬の突進の軌道から外してくれる。

炎馬はレオーネのいた場所を通り過ぎ、レオーネはその後方に着地——する寸前、目の前に青い稲妻の奔流が押し寄せて来ていた。

その出所は、馬上でこちらを振り向くウィンゼルだ。

いつの間にか炎馬の鞍に備えられていた馬上槍を抜き、こちらに向けていたのだ。馬上槍としては短めで、取り回しは易そうに見える。

その先端から雷が放射されているのである。これも無論奇蹟の力だ。

避けられない、当たる……！

レオーネが痛みを覚悟した瞬間、その体が別の力を受けて、景色が横滑りする。

リーゼロッテが滑り込んでレオーネを抱えてくれたからだ。

「リーゼロッテ！　ありがとう……！」

「ええ、これが協力するという事ですわ！」

回避したところでリーゼロッテはレオーネを下ろし、再びウィンゼルを挟み込むように回り込む。

その動きに反応し、ウィンゼルは馬上槍の雷で空中のリーゼロッテを狙う。炎馬の足は、一時的に止まっている。

ならば――レオーネは駆け出し、一気に間合いを詰めて行く。

剣の刀身を伸ばす範囲も、無限ではない。

遠い場所から刃を伸ばしての攻撃は、伸び切らない場所まで逃げられる可能性がある。

近い位置からの攻撃であれば、避けようとしても範囲外まで一瞬で逃げる事は難しい。

攻撃を当てに行きたいのであれば、やはり近づいた方が確実だ。

あの炎馬に助走の距離を与えないという意味もある。

「やあああぁぁぁっ！」

低く構えた大剣を、ウィンゼルから二十歩程度の距離で斬り上げる。

同時に奇蹟でその二十歩を埋める――とウィンゼルも思ったはずだ。

だが、黒い大剣の刃は伸びなかった。代わりに――


グオオオオォォォッ！


幻影竜が咆哮を上げ、ウィンゼルへと突進して行く。

「……！」

初見の攻撃にウィンゼルも注意を向け、迫って来る複数の幻影竜を馬上槍の雷で迎撃する。

その隙に、レオーネは斜めに回り込みつつ更に接近。

「こっちよ！　やあああぁぁっ！」

今度こそ直接、ウィンゼルと炎馬に叩き下ろす斬撃を繰り出す。

その軌道上に、ウィンゼルは空いた左手を翳すだけ。

回避の動きを見せようとしない。

手で止めるつもりか？　そんな事が出来るはずがない。

――が、炎馬の尾がそれ自体が意志を持つかのように器用に動き、鞍に据え付けられている馬上槍をもう一本取り上げ、ウィンゼルの左手に握らせた。


ガキイィィンッ！


馬上槍と黒い大剣が衝突。甲高い金属音が鳴り響く。

「このまま……ッ！」

力を加えて押し切る！

相手は片手。こちらは両手。

純粋な力の強さの差はあれど、少しずつレオーネが押せている。

だがその前に、幻影竜を迎撃していた右の雷の馬上槍が、そちらを全滅させて自由になってしまう。

「甘いッ！」

右の馬上槍が、レオーネに向けて突き下ろされる。

「させないっ！」

レオーネは押し込む剣の力を一気に抜きつつ跳躍をする。

ウィンゼルがレオーネの剣を押し上げていた力も利用し、その体はふわりと浮いて右の馬上槍の突きの範囲の外へ。

その着地を狙い、ウィンゼルの左の馬上槍から帯状の炎が放射される。

こちらは炎の奇蹟を持っているようだった。

だが、着地の隙を狙って攻撃が飛んでくる事自体は予想済み。

レオーネは黒い大剣の剣先を斜め下に向けて刀身を伸ばす。

それが斜めに足元を擦り、レオーネが着地する位置をずらす。

ウィンゼルの炎は狙いを外し、レオーネは即座に剣を横に振り抜き幻影竜を出す。

それをウィンゼルの右の馬上槍が迎撃をする。

それが終わる前に——

「もう一度っ！」

黒い大剣をもう一度返し、更に幻影竜を生む。

この幻影竜を生む竜理力は、奇蹟と違って何度使ってもレオーネ自身は疲労しない。

魔印（ルーン）を通じてレオーネの力を使うのではなく、魔印武具（アーティファクト）そのものに竜理力（ドラゴン・ロア）が固着しているからだ。

無限に使い続けても効果がなくならないのかは分からないが、今のところの使用感はそれに等しい。この力の持久力は驚異的（きょういてき）だ。

「もっともっと……！」

更にもう一度、もう一度！

大量の幻影竜がウィンゼルに群がって行く。

「ほう！　中々の圧力だ……！」

ウィンゼルの左の馬上槍（ランス）も、幻影竜の迎撃に移る。

両手を塞いだ。今――！

「やあああぁぁっ！」

レオーネは強く黒い大剣を突き出す。

今度は幻影竜ではなく刀身がグンと伸び、幻影竜の群れの間を縫ってウィンゼルの喉元（のどもと）に迫る。

「……ッ⁉」

ウィンゼルは馬上で身を反らし、喉元を狙った突きを避ける。

だが、体勢は苦しい。

このまま横薙ぎに剣を振り抜きつつ刃を更に伸ばせば、斬り伏せられる！

「もらった……っ！」

当然レオーネは頭の中に浮かんだ絵を実行に移す。

が――

炎馬が横に滑るように跳躍。その動きがレオーネの剣より速い。

驚くべき機動力だった。

「……！」

更に炎馬は着地と同時に地を蹴り、レオーネに向かって飛び込んで来る。

ちょうど横薙ぎのレオーネの剣を飛び越えるような格好だ。

炎馬の機動力により、攻守は完全に逆転されてしまった。

こちらは刃を伸ばした動きの大きい攻撃を空振り。

あちらはこちらに飛び込みつつ、馬上のウィンゼルは完全に体勢を立て直している。

「そらあああぁぁぁッ！」

両手の馬上槍が一斉に連続突きを浴びせ掛けてくる。

こちらは攻撃を空振りした直後で、遠くに間合いを開く余裕は無い。

あれだけの手数の攻撃を、全て見切ってかわすだけの体捌き（たいさばき）も持ち合わせていない。

なら――――！

レオーネは再び奇蹟（ギフト）を発動。

剣の刀身の幅（はば）を数倍に拡張し、自分とウィンゼルの連続突きの間に滑り込ませて盾（たて）代わりにする。

ガガガガガガガガガッ！

「くっ……！　ううっ……！」

刀身を馬上槍（ランス）の突きが何度も撃（う）ち、レオーネは後ろに押（お）し込まれながらも何とか猛攻（もうこう）を凌（しの）ぎ切る。

「女だてらに、やるものだな！　中々の手応えだ……！」

ウィンゼルは表情に笑（え）みを浮かべる。

それは、爽（さわ）やかですらあるようにレオーネには見えた。

――まだそれだけの余裕があるという事か。

だが折れない。負けない。一緒（いっしょ）に戦ってくれるリーゼロッテを信じる。

だから、ウィンゼルの余裕に応じる事も出来る。

「女なのにどうっていうのは、違うと思います……！　私が知っている中で一番強い人間は、女の子だから……！」

ウィンゼルの馬上槍(ランス)と切り結びながら、レオーネはそう返す。

「そんな者がいるのなら、会ってみたいものだな……！」

「止めた方がいいと思います。自信を失いかねないから……！」

レオーネとしては、この如何にも自信家のように見えるウィンゼルが、イングリスに相対してどういう反応を示すか見てみたいという気もしなくもないが。

ウィンゼルの事を考えれば、断言できる。お勧(すす)めは出来ない。

「あり得んな……！　己(おのれ)を信じられぬ者に、人はついて来ないからな……！」

ウィンゼルの槍捌(やりさば)きは、速く、強い。

レオーネは速さについて行けない分を、奇蹟(ギフト)で拡張した剣の刀身を大きな盾代わりにして凌いでいるが、代わりに反撃(はんげき)の手は減り、力でも徐々(じょじょ)に押されて後退させられて行く。

だが凌ぐ事さえ出来ていれば――

「たあぁぁぁぁっ！」

リーゼロッテが空中からウィンゼルの背後を急襲(きゅうしゅう)。

高速の飛行の勢いも載せて、斧槍を突き出す。
ウィンゼルの二本の馬上槍は、レオーネの方を向いている最中。
背中はがら空き。リーゼロッテは完全に死角から飛び込んでいる！

ガアァァァンッ！

だがその突きは、硬い金属音を立てて途中で止まってしまう。

「……っ!?」

それは、金属製の盾だった。
炎馬の馬鎧の装甲の一部だったものが、勝手に取り外されて動き出したのだ。
今も盾は誰の手も借りず、空中に浮いてリーゼロッテの突きを阻んでいる。

「盾の魔印武具……!?」

恐らくその奇蹟は見ての通り、自動的に動いて使用者を護る効果だ。
この奇蹟の存在があるため、ウィンゼルはあえて背後に隙を作ってリーゼロッテを誘い込んだに違いない。

「ようやく入り込んできてくれたな……！」

その台詞からも、それは明らかだ。

炎馬に左右二本の馬上槍に、この自動的にウィンゼルを守る盾。

これらは、どれも上級魔印武具だ。他にもあるかも知れない。

一体どれだけの魔印武具を同時に扱うのか。

これが、あらゆる魔印武具を操る事が出来る特級印の持ち主の力。やはり自分達より格が上の相手だと認めざるを得ない。

「レオーネ！　離れていて下さいね！」

リーゼロッテはそのままの距離で、斧槍の先端から猛烈な吹雪を放出する。


ブオオオオオォォッ！


だがそれも、ウィンゼルの盾が動いて阻み、風と氷を散らしてしまう。

同時に炎馬の尾が動いて長く伸び、リーゼロッテの死角から足元を搦め取ろうと動き始めるのがレオーネには見えた。

「リーゼロッテ！　足元！　馬の尻尾が……！」

だがそのレオーネの声が、リーゼロッテには耳に入らない様子だった。

「リーゼロッテ！　聞こえないの……!?」

もう一度呼びかけても、やはり聞こえないようだ。

「少々音が騒がしいだけだな……！」

そのウィンゼルの声は耳に入った。

それでレオーネは悟る。

これは、リーゼロッテが放っている吹雪のせいだ。

レオーネとリーゼロッテはウィンゼルを挟む位置取りをし、リーゼロッテは向こう側から吹雪を発している。

その発する音がレオーネの声をかき消して、届かなくしてしまうのだ。

「！　そ、そうだ……！」

唐突に閃く。このウィンゼルとの戦いの、突破口を――

とは言えそれが分かった所で、即座にリーゼロッテを助けられるわけではない。

炎馬の尾がリーゼロッテの脚に絡み付き、引き摺り下ろして激しく足元に叩きつける。

「っ!?」

レオーネは助けに入ろうとそちらに駆け出す。

その出鼻を挫くように、炎馬は身を捻りつつ尾を大きく振り、リーゼロッテをこちらへと投げ飛ばした。

「あああぁぁぁっ⁉」

「リーゼロッテ！　えええぇぇいっ！」

レオーネは吹き飛ぶリーゼロッテの体をしっかりと受け止める。

強烈な衝撃で体は痛むが、そんな事は些細な事だ。

「大丈夫……⁉」

「レオーネ！　すみません……！」

「いいのよ、これでおあいこだから……！」

言う間にウィンゼルは次の動きに移っていた。

「はぁっ！」

雷を纏った右の馬上槍の先を、足元に突き立てる。

そして馬上槍から迸る雷が、一瞬で円形に拡散した。

当然それは、地面に足を着いていたレオーネ達も浴びる事になってしまう。

「「あああああぁぁっ！」」

全身に走る強い痺れと痛み。

抜け出そうにも体が痙攣して、動く事もままならない。

更にウィンゼルは左の馬上槍も突き立てる。

そこから生み出されたのは、円形に拡散する炎だった。

「「きゃあああっ！」」

炎の熱と爆風で、体は大きく弾き飛ぶ。

「く……っ。まだ打つ手は……！」

「何かありますの……？　レオーネ……！」

レオーネもリーゼロッテも、武器を支えに何とか身を起こす。

雷に撃たれたせいか炎に巻かれたせいかは分からないが、頭が朦朧としている。

だがまだ負けていない、まだ――

そんな時、俄かにウィンゼルと炎馬の姿が大きくなったように見えた。

だが実際に、大きくなっているわけではない。

こちらに近づいているのだ。


ドガアアアァァァァッ！

炎馬の突進が、更にレオーネとリーゼロッテを弾き飛ばす。

あまりの衝撃に、レオーネは黒い大剣の魔印武具（アーティファクト）を手から放してしまう。

ガランガランと音を立てて転がる大剣は、幸いな事にレオーネの目の前に転がって来てくれたが。

「っ……！　異空間が切れる……！　早く……！」

這（は）って手を伸ばして、レオーネは何とか大剣の柄（え）を掴（つか）む。

何とか異空間の奇蹟（ギフト）の維持は出来そうだが――

「リ、リーゼロッテ……！　大丈夫……!?」

よろよろと身を起こしながら、横で倒（たお）れているリーゼロッテに声をかける。

が、返事がない。衝撃で気を失ってしまったようだ。

「リーゼロッテ、リーゼロッテ！　起きて……！」

呼びかけるレオーネの目の前に、ぴたりと銀色の先端が突きつけられる。

それは、ウィンゼルの馬上槍（ランス）のものだ。

「！」

「……終わりだ。抵抗（ていこう）は止（よ）せ」

ウィンゼルはレオーネに静かに告げる。

「自分を責める必要はない。お前は良く戦った……これだけの魔印武具（アーティファクト）が手元になければ、後れを取ったのはこちらかも知れん。あんなクズのような女が寄越したものとはいえ、それだけは感謝をせねばならんだろうな」

「…………」

「さあ早く魔印武具を置いて投降しろ。この場所を生み出しているのもお前の奇蹟だな？それを解いて貰おうか」

レオーネは黙して語らない。

その視線は、倒れているリーゼロッテにちらりと向く。

リーゼロッテが目覚めて、側面からウィンゼルを攻撃してくれれば――

「なるほど、仲間が起きるのを待っているのか。だがそうですかと待ってやるわけには行かんな……！　ならば」

ウィンゼルは馬上槍に力を込めた。

その表面が奇蹟の雷に包まれバチバチと音を立てる。

「……これが最後だ。大人しく諦めて、降伏しろ」

レオーネはそれにも口を真一文字に結び、沈黙を貫く。

ギリギリまでリーゼロッテを待つ。信じる。

「強情な娘だ。仕方があるまいな」

ウィンゼルがため息をついた時――

その側面から、何者かが突っ込んで行くのがレオーネには見えた。

「えっ……!?」

リーゼロッテではない。リーゼロッテはまだ意識を失っている。

だがその俊敏な動きは並のものではない。

目深に被ったフードで顔は分からないが、ルーインや騎士隊の面々の格好ではないし、作戦に協力してくれた避難民のうちの誰かだろうか。

「何奴っ!?」

ウィンゼルがそちらに気づいて意識を向ける。

同時に人影は地を蹴って飛び上がり、その拍子にフードがずれて顔が露に。

「レオンお兄様っ!?」

イングリス達を連れてカーラリアに戻ったと思っていたのに、いつの間に――!?

前も避難民に紛れていたが、今度も避難民のふりをして作戦に参加していたのだろう。

自分達の事に集中して、全く気づかなかったが。

「悪いな！　目の前で妹をやらせるなんて、流石にさせらんねえからな……！」

「特級印……!?　だがッ！」

レオンは鉄手甲(てっこう)の魔印武具(アーティファクト)を打ち込み、ウィンゼルは馬上槍(ランス)の魔印武具(アーティファクト)でそれを迎撃する。

お互(たが)いの武器が激突(げきとつ)し——たと思ったが、しなかった。

ウィンゼルの馬上槍(ランス)はレオンの鉄手甲もずぶりと突き抜(ぬ)けたのだ。

「何っ⁉」

レオンがにやりと笑みを浮かべる。そして、その姿が眩(まぶ)しく輝(かがや)いて弾け飛んだ。

「うおおぉっ⁉」

弾け飛ぶ光にまともに巻き込(こ)まれたウィンゼルは、炎馬の背から弾き飛ばされ落馬をする。完全に虚(きょ)を突かれた形だ。

「ぬう……罠(わな)か……！」

忌々(いまいま)しそうに立ち上がるウィンゼル。

「あれは……」

レオンが愛用していた鉄手甲の魔印武具(アーティファクト)が生む雷の獣(けもの)が弾ける時と同じ爆発(ばくはつ)だ。

だが今回は、レオン自身が弾け飛んで攻撃した。

レオーネも見ていて吃驚(びっくり)した。

助けに飛び込んで来たレオンがいきなりやられたかと思った。

「擬態(ぎたい)……だな。雷の獣じゃなく、雷の擬態を生む。ま、新型ってやつだ。前から多少は進歩してみせんとな？　俺が作ったわけじゃねえけどさ」

言いながら、レオンがすっとレオーネの横に並んで立つ。

レオンが前使っていた鉄手甲の魔印武具(アーティファクト)は、リップルが呼び寄せてしまった幼生体の虹の王(プリズマー)との戦いで破壊(はかい)されてしまった。

今装備しているのはそれに変わる、新しい魔印武具(アーティファクト)。

レオンのために血鉄鎖(けってつさ)旅団から用意されたものだった。

「お兄様……！　どうしてここに……？」

レオーネの問いに、レオンはばつが悪そうに後ろ頭を掻(か)く。

「んー。ラフィニアちゃんに戻れって説教されてな……だが、合わせる顔はねえからまたこっそり潜んでた。とはいえ流石に見てられんからな……悪いが出しゃばらせてもらったぜ」

「……ごめんなさい、力不足で」

「なぁに気にすんな。あちらさんも言ってたが、お前はよく戦ったよ。前より順調に強くなってるさ、こんなんでも一応兄貴としちゃあ、見てて嬉(うれ)しかったぜ？」

「お兄様……！」

しがみ付こうとしたレオーネを、レオンは少々慌(あわ)てた様子で制する。

「おっとぉ……！　下手に触(ふ)れない方がいい」

それでレオーネは察する。これも？

「それよりも早く、友達を起こしてやりな。いつまでも寝(ね)かせてちゃ可哀想(かわいそう)だろ？」

「は、はい……！　分かりました！」

レオーネはリーゼロッテに駆け寄り、抱(だ)き起こす。

「リーゼロッテ……！　リーゼロッテ！　大丈夫(だいじょうぶ)!?　起きて……！」

「ん……はっ!?　た、戦いは!?　ごめんなさい、わたくし……！」

リーゼロッテは勢い良く身を起こすと周囲を見渡(みわた)す。

「あ、あれ……!?　あの方は……!?　そ、それも何人も……!?」

リーゼロッテは目元を擦ってもう一度見直していたが、見間違(みまちが)いではない。

いつの間にか十人近いレオンの姿が現れて、ウィンゼルを取り囲もうとしていた。

「あれはお兄様の新しい魔印武具(アーティファクト)の奇蹟(ギフト)よ……！　また避難民(ひなんみん)の人達のふりをして、潜入(せんにゅう)していてくれたらしいの！」

「ふふっ……嬉しそうですわね、レオーネ」

「そ、そうかしら？」

「でも、よろしいのではないでしょうか。もう意地を張る必要もないのでしょう？」

「い、意地って言うか……！」

「実際助かりましたし、ね？　今は頼もしい救援を素直に喜びましょう？　わたくし達の力不足は、反省すべきですけれど」

「ええ、そうね……！」

　リーゼロッテの言葉にレオーネは頷く。

　二人の視線の先で、レオン達とウィンゼルが対峙している。

　ウィンゼルはいつの間にか姿を消した炎馬を、脚甲を打ち鳴らして再び具現化する。

「なるほど流石大国カーラリアは人材豊富だな。手練れの上級騎士で俺を疲労させ、最後は特級印を持つ聖騎士が控えるというわけか」

「生憎、俺はカーラリアの聖騎士じゃねえよ。元聖騎士なのは確かだがね。今は血鉄鎖旅団の一員さ。一切カーラリアとは関係ないね」

「血鉄鎖旅団だと……？　あれは反天上領のゲリラどものはず。それが何故、この戦いに首を突っ込もうとする？」

「ま、これに関しちゃ旅団の方針も関係ないんでな。全く個人的な事情だよ。妹の喧嘩に兄貴が出る……それだけさ」

「妹離れが出来ん兄だという事か……貴様の妹は、十分一人前の騎士だと思うが？」

「そいつはどうも。まあ、色々迷惑かけ通しだからな……取り返すってわけじゃねえけどさ、妹の前でいいカッコさせて貰うぜ……！」

複数のレオンが、一斉にウィンゼルの周りを動き回り始める。

どれが本物なのかは、レオーネとリーゼロッテの目には全く分からない。

「出来るものならな！」

見分けが付き辛いのは、ウィンゼルにとっても同じだったのだろう。

左右の馬上槍の後端同士を接続し、一本の双身槍の形状にする。

更にそこから、それぞれの馬上槍がグンと伸びて長さを増す。

レオーネの黒い大剣のような変化だ。

こちらは伸びただけなので、太さまで変わるかは分からないが――

「そらああぁぁぁっ！」

そして、長大になった双身槍をぐるぐると、高速で旋回させる。

それぞれの馬上槍からは雷と炎が撒き散らされ、まるで竜巻のように、ウィンゼルの周囲の空間全てを覆い尽くす勢いだ。

「す、すごい！」

「あれでは近づくのは至難の業ですわ……！」

擬態したレオンを近づけてしまうと、自爆されて被害を避けられない。

ならば広範囲高密度の攻撃で、近づけさせずに全て巻き込んでしまおうという事だ。

どれが本物か、擬態の偽物かという駆け引きの土俵に乗る事を拒否した戦法である。

「なるほど！　賑やかなもんだねえ……！」

複数のレオン達は、それでも俊敏な動きでウィンゼルへと迫って行く。

途中で何人もウィンゼルの攻撃に引っかかって爆発をするが――

その度にまた新しくレオンが出現し、ウィンゼルへと迫る。

時折その間近まで肉薄しそうになるレオンもいたが、それはウィンゼルの脚となる炎馬が大きく跳躍して距離を取ってしまう。

一進一退。

ウィンゼルの馬上槍が放つ雷と炎の竜巻の轟音。

それに巻き込まれたレオンの擬態が弾ける、これも轟音。

それらが連続して重なり合って、壮絶な音と光景だ。

レオンもウィンゼルも決定打が出ないまま、お互いの奇蹟の鬩ぎ合いが続く。

どちらかが力尽きて奇蹟が維持できなくなるまで、続きかねない。

「このままでは、手が出せませんわね……！」

その真隣（まとなり）のリーゼロッテの声も聞き取り辛い程に、二人の攻防（こうぼう）は激しい。

「……！」

そこで、レオーネは思い出す。

レオンが助けに入ってくれる前に思いついていた突破口を。

それは恐らく、今でも通用する。

レオーネは後方を振（ふ）り返り、そちらに近づいていく。

「レオーネ……!?　どうなさいましたの？」

「手は出せないけど、口を出すわ……！　プラム……！」

戦いの様子を見守っている味方の中では前の方にいたプラムの名を呼んだ。

「は、はい……！　どうかしましたか!?」

「あなたの力を貸して！　奇蹟（ギフト）でレオンお兄様の魔印武具（アーティファクト）を強化するの！　そうすれば……」

そのレオーネの提案に、リーゼロッテが異を唱える。

「待って下さい、レオーネ……！　プラムさんの竪琴（たてごと）の音色は全ての魔印武具（アーティファクト）を強化しますわよ？　どちらもの魔印武具（アーティファクト）が強くなってしまいますわ……！　いえ、むしろあちらの方が数が多い分……」

「ええ……！　音が届けばね！　見て、あれだけの音を立てる攻撃の中心にいれば、竪琴の音なんて届かないわ！　だからお兄様だけ強化できるはずよ……！」

レオーネは雷と炎の嵐の中心にいるウィンゼルを指差す。

その指摘に、リーゼロッテもはっとして頷く。

「た、確かにそうかも知れません……！　レオーネの言う通りかも！」

「ね、そうでしょう……!?　お願いよ、プラム！」

「でもレオーネ、本物のお兄様は、どちらに……？」

「う……!?　で、でも呼びかければ！」

「いや、その必要はねえよ」

プラムはにっこり笑顔で言うのだが——それはレオンの声だった。

「「!?」」

その姿が見る見るプラムからレオンに戻って行く。

「この新型の便利な所は、自分自身も偽装できるところでな。ま、俺達みたいな奴等には相応しいぜ……！　おい聞こえたか、プラムちゃん！　いっちょ宜しく頼むぜ……！」

レオンの呼びかけに応じて、本物のプラムが進み出る。

「はい、聞こえました！　じゃあ行きます……！」

プラムの竪琴が美しい旋律を奏で、レオンの魔印武具の輝きが格段に増した。

「ほう……こいつは！　なら、これでどうだっ!?　うおおぉぉぉぉッ！」

レオンの雄叫びと共に、更に大量のレオンの姿をした擬態が生み出される。

全て合わせれば、その数は数十にも及ぶ程だ。

「こうなったら数の暴力で行くぜ……！　全員で行けえぇぇぇ！」

「「「よっしゃあああぁぁぁっ！」」」

大量のレオン達が一斉にウィンゼルに群がる。

先程までは捌き切れていたが、ウィンゼルに到達しそうなレオンの数があっという間に増える。

それを避けて動いても、密度を増したレオンの誰かがすぐ近くにいて飛び掛かる。

段々、ウィンゼルの動きが追い付かなくなって行き――

とうとう一人のレオンが、ウィンゼルに組み付いた。

「ようし……！　俺に続けっ！」

にやりと笑みを残してそのまま爆発。

一度決壊すると、後続を止める術はない。

それが収まらぬ間に、あっという間にレオン達が群がる。

「うおおおおぉぉぉぉっ⁉　放せ……ッ！」

ウィンゼルの声をかき消すように、レオン達が折り重なる。

人の山のようなものが出来て――


ドガアアアアアアアアアァァァァァァンッ！


特大の閃光と轟音を残し、一斉に弾け飛んだ。

「やれやれ……俺が爆死してるみたいで気持ちよかあねえが……ま、さすが新装備ってやつかな？」

レオンが静かにそう呟いていた。

「兄貴……！　ウィンゼル兄貴！　大丈夫か……⁉」

「ウィンゼル様！」

ラティとプラムが、爆発の煙が収まり切らない中を、ウィンゼルの身を案じて近づいていく。

「あ、ラティ……！　まだ……！」

「プラムさんも！　危険があるかも知れませんわよ……！」

レオーネもリーゼロッテも、慌ててそれを追う。

幸いレオーネ達が想像した最悪の事は起きず、ウィンゼルは体のあちこちから煙を上げながら、倒れ伏していた。

「う……ぐっ……ぬかったわ。まだ力を隠していたとは……！」

広範囲に攻撃を撒き散らしていたウィンゼルには、こちらの行動の詳細は分からなかったようだ。

「隠してたわけじゃねえよ。ま、力を合わせた結果ってやつだ。ありがとさん」

レオンはそう言って、レオーネ達に向けて笑みを見せる。

「ぐう……！　だがまだ俺は負けては……おらん……ッ！」

体を震わせながらも、馬上槍を支えに立ち上がろうとする。

驚異的だ。あれだけの攻撃を受けて。

「止せよウィンゼル兄貴！　それ以上やったら死んじまうぞ……！　大人しく降伏してくれ！」

「黙れ――ッ！　この期に及んで自分では何も出来ん弱虫が！　お前など今の俺ですら一瞬で殺せるのだぞ……！　俺が見逃してやっているだけに過ぎんくせに、俺の前に立って調子に乗るな！」

「できねえよ……！」

「何……!?」

「今のあんたには、そんな事は出来ねえ！　やれるもんならやってみろ……！　その代わり出来なかったら、大人しく降伏しろよな……！」

ラティはそんなことを言い出し、ウィンゼルに挑戦（ちょうせん）する。

それはレオーネには、無茶（むちゃ）のようにしか聞こえなかった。

「ま、待ってラティ！　無茶よ……！」

「そうですわ！　安易に挑発（ちょうはつ）に乗ってはいけません！」

「ラティ……！　レオーネちゃんもリーゼロッテちゃんも一生懸命（いっしょうけんめい）戦ったんですから、ラティがそんな無茶をしたら、みんなの頑張（がんば）りが……！」

三人とも、同意見だが――

「ま、いいんじゃねえか？　そちらさんも義理とは言え兄弟同士、たまには拳（こぶし）で語り合ってみるのもいいだろ」

レオンだけはひょいと肩（かた）をすくめて、適当な事を言っていた。

「お兄様！　適当な事を言わないで下さい！　ラティに何かあったら大変なんだから……！

みんなこれまで苦労して……」

「まあまあレオーネ、落ち着けよ……きっと分かってるはずさ。分かってて、ああ言ってんだ。って事はさ、ああ言えるだけの何かがあるって、そう思わねえか……？」

レオンは少し声を潜めてレオーネに言う。

ラティがこちら――ではなくレオンの方を見て、一つ頷くのが見えた。

レオンも同じように、頷き返している。

「……な？　信じてやれって、友達だろ？」

その少々おどけたような笑みは、レオーネにとって妙な安心と信頼をもたらす。

昔からそうだ。

そしてもう、それをいけない事だと思う必要もない。

だから素直にこんな言葉が出た。

「わ、分かりました。お兄様がそう言うなら……」

「ではわたくしは、レオーネを信じますわ」

「はい……！　そうします……！」

リーゼロッテもプラムも、見守る姿勢だ。

「ならば来い！　ラティ！　今更手加減はせんぞ……！　死んでも恨むなよ――！」

「ああ、そっちこそな！」

ラティとウィンゼルを止める者は、もう誰もいない。

「うおおおおぉぉっ！」

ラティの方から真っすぐに、ウィンゼルに突進して行った。

それは本当に、何の変哲もない突撃だ。

あまりに普通過ぎて、逆に驚いた。

レオーネですら簡単に対処できそうに思える。

それがウィンゼルに分からないはずがない。

「……そんな腑抜けた動きで、俺の前に立つなッ！」

だが戦いの前に言ったように、ウィンゼルに手加減はない。

突き出した馬上槍から、バチバチと弾ける雷をラティに向け放射する。

「――――！」

ラティは頭を低く、腕を体の前で交差させて防御姿勢を取る。

だが足は止めない。腕を盾にして、そのまま突っ込むつもりのようだ。

しかしそんな事で耐えられるようには、レオーネにはとても見えない。

雷がラティの腕にかかる。

服の袖(そで)が内側から破れて――

「!?」

そう、内側から自ら弾け飛ぶように破れた。

つまり、雷を浴びたせいではなかった。

違和感(いわかん)の正体はすぐ直後に明らかになる。

ラティの腕が何倍にも太く、長く、変化して行くのだ。

それはもはや、人のそれではない。

形も、色も。特に表皮の青い鱗(うろこ)は、鏡のような澄(す)み切った美しさである。

尾(お)が生え、全身が膨(ふく)れ上がる。

グオオオォォンッ！

雄叫びを上げる、声さえも！

「なっ……!?」

「り、竜(りゅう)……っ!?」

「し、神竜さんにそっくり……！」

大きさこそ神竜フフェイルベインの巨大さに比べれば大人と子供。

いや幼児程度だが、それでも人の数倍、中型の魔石獣くらいはある。

その強靭な鱗がウィンゼルの馬上槍の雷を弾く。

そして巨大になった体の重さを、そのままウィンゼルにぶつけた。

「ぬおおおぉぉぉっ⁉」

虚を突かれ、明らかに体重差のある突進に抗えず、ウィンゼルの体は大きく吹き飛ぶ。

「だあああぁぁぁっ！」

ラティの声と、竜の咆哮が入り混じったような声が響く。

竜は吹き飛んだウィンゼルを追い――勢いよく全身で飛び込んで、下敷きにした。


ドガアアアアアァァァンッ！


「へ、へへへ……どうだよウィンゼル兄貴……参ったか⁉」

ウィンゼルを下敷きにしたラティは、にやりと笑っているのか、竜の口元を歪ませた。

だがそれに応答するウィンゼルの声はない。

「ん……⁉　おいおい大丈夫か……⁉」

慌てて上からどいて、様子を窺(うかが)うように鼻先を近づける。

そこに、レオンも近づいて行った。

「大丈夫だ。気を失ってるだけだろ、頑丈(がんじょう)な奴だよ……おーい誰か、縄持ってきてくれ！　今のうちに暴れ出さんように縛(しば)っとけ！　魔印武具(アーティファクト)も身ぐるみ剥(は)がしとけよ！」

レオンがルーインや騎士隊にそう呼びかけて、一斉(いっせい)に人が動き出していた。

「ラティ!?　そ、それは一体どうしちゃったんですか……!?　大丈夫ですか、どこか痛いとか……？」

プラムが心配そうにラティに駆け寄っていたが、レオーネもそちらが気にかかった。

「そ、それもまさか竜理力(ドラゴン・ロア)の影響(えいきょう)なの!?」

「わたくし達も色々な恩恵(おんけい)を受けましたけれど、竜そのものになってしまうとは……」

「……イングリスがさ、俺が一番竜理力(ドラゴン・ロア)と相性(あいしょう)がいいはずだから、絶対何か目覚める。特訓しろって言っててくれてさ」

イングリス曰(いわ)く、ラティはイングリスと違(ちが)って少しの神竜の肉を食べただけで、神竜の言葉を理解できるようになっていた——と。

そしてそれは、竜理力(ドラゴン・ロア)との相性の良さを物語っており、ラティにも、イングリス自身やレオーネとリーゼロッテの魔印武具(アーティファクト)に現れたような変化が恐(おそ)らく起きる。

それを切り札と出来るように、特訓。

そして残った神竜の肉を今までよりもっと大量に食べるように。

というのが、イングリスがここを発(た)つ前のラティへの助言だった。

そしてそれは、この通りここで実現していた。

イングリスの見立ての正しさには恐れ入る。そして感謝だ。

「で、夜中特訓してたんだよ、レオンさんに見て貰ってな」

「お兄様に……!?　じゃあお兄様が潜入している事は知っていたの？」

「では夜中にわたくしが聞いた竜の声は、ラティさんの特訓の声でしたのね……！」

「ま、こっちに戻ってきた時、たまたまばったり見かけたんでな……取引だよ、こっそり入れて貰う代わりに、訓練を見るってな」

「ごめんな、色々黙ってて。敵を欺(あざむ)くにはまず味方からって、ルーインも言うからさ」

「いえ、そんな事はいいのよ。私達(たち)もこうして無事だし」

「結果良ければ、という事ですわ」

レオーネもリーゼロッテも、ラティに笑顔を向ける。

そこに、ルーインがラティの元にやって来る。

「ラティ王子！　ウィンゼル王子の拘束(こうそく)を終えました。早速(さっそく)残る敵兵達に降伏を勧告(かんこく)いたしましょう！」

「ああ、そうだな……」

「それが済んだ後は、こいつはどうするんだい？」

と、レオンはラティやルーインに尋ねる。

今は捕らえたウィンゼルの身柄を利用して、あちらの兵達を降伏させるのが先だが――

その先、ウィンゼルはどうなるのか。

それはレオーネも気にかかる所ではある。

戦いはしたが、それ程悪い人のようにも思えなかったが。

「……遠慮はいらん。事が終われば、俺を斬るがいい」

拘束されたウィンゼルが目を覚まし、そう述べた。

「ば、馬鹿言うなよ……！　俺はそんなつもりは！」

「何も馬鹿な事ではない……お前が王になるというならば、俺はそれに牙を剥いた反逆者だ。それを放置する事は許されん……他の者への示しがつかん」

「だ、だけどさ……！」

「俺はお前を見誤っていたようだ。それは認めよう。だがそれだけに……これ以上、お前の足を引っ張るつもりはない」

「……ラティ王子、ウィンゼル王子の仰られることも一理あるかと。最低でも国内には留め置けません。ウィンゼル王子も、そのように要求されておいででした」

「……でもさ、兄貴は特級印を持ってるんだぞ⁉　そんな奴を殺したり国から追放したりするのは……」

「それがただの反乱であるならば、力を惜しむというのも良いでしょう。しかしこれは、王権を争う王族の戦い。そうは参りません」

「とはいえ、この国以外のために働く気はない。ならば、お前の命で俺を斬れ。逃がすよりも、その方が新たな王の威厳も高まるだろう。特級印を持つ俺を打ち破り、斬ってみせた強き王としてな……」

「い、嫌だって言ってるだろ、そんなの……！」

「ならば俺に自決せよと？　それも構わんが、薄情ではないか？」

「薄情でもなんでも！　俺はそんなつもりじゃねえって言ってんだよ……！　なあおいルーイン！　何とかならねえのかよ⁉　イングリスは勝った後の事を何か言ってなかったのか⁉」

「いえ、前にも申し上げましたが、決着をつけるべし……とだけです」

「くっ……！　どうすりゃ……」

これればかりは、レオーネ達も口を挟めない。

ただ成り行きを見守るしかできない事に歯がゆさは感じるが、どうにもならない。

レオーネはただ俯いて――その時、レオンがレオーネの肩をぽんと叩く。

そして何も言わず、ウィンゼルに近づいていく。

縛られている彼の近くにしゃがみ込んだ。

「よう、お兄ちゃん。お前さん、天上人は嫌いかい？」

「当たり前だ。あのティファニエやそれに魂を売り、天上人になった者達……奴等は万死に値する」

「うんうん、い～ねぇ！　じゃあそれを本当にしてやる気はねえかい？　俺と一緒に来ればやってやれん事はないぜ、きっとな？」

「……今は血鉄鎖旅団の手の者だと言っていたか。俺を引き抜こうというのか……？　ゲリラに身を落とせと？」

「悪かないと思うがねえ？　お前さん、この国以外のために働く気はないくせに、この国に居場所もないんだろ？　だったらウチがうってつけだ。俺達はどこの国にも属さねえ、逆に言えば全ての国のために動いてるって事だ。全ての国の中には、当然アルカードも含まれてる」

「……大きく出たものだな。世界のためと言いたいのか」

「ま、うちのボスがな、そういう奴だからなあ。見た目はすげー怪しいんだが、中身は悪くないやつでな、これが」

「お前もそうだというのか……？」

「ま、何て言うか一方的に天上人に絞り上げられ続ける現状は、変えて然るべきだとは思うわな。俺の命の使い所はそこだ、ってな」

「……俺は、そこまで大げさな事は考えた事はない。ただ、あのクズどもが憎いだけだ」

「それでもいいんじゃね？　人が行動してる理由なんて人それぞれだ。それぞれの理由で、自分の目的に合った居場所を選ぶ。この国を荒らした奴らも追えるさ、そいつらを潰してから後の事を考えちゃどうだい？　その方が弟も悲しませねえで済むんじゃねえか？　間接的にだが、役に立ってもやれる。やっぱ兄弟を悲しませるのは良くねえよ。全く人の事を言えた義理じゃねえがな」

「弟、か……」

ウィンゼルはラティの方を見る。

「兄貴！　それでいい！　そうしてくれ！　処刑だとか自害だとか、そんなのは止めてくれ……！　ちゃんと生きててくれ……！」

「……いいだろう。それも悪くはない」

「兄貴……！　ありがとうな、レオンさん！」

「よ、良かったです……！　どうもありがとうございます……！」

ラティもプラムも、ほっと胸を撫で下ろした様子だ。

「いやー、はっはっは。こっちも貴重な戦力が増えてありがてえよ。独断専行しちまったから、手土産の一つも欲しかった所だったからなあ」

レオンらしい物言いだ。

レオーネも思わずくすくすと笑ってしまう。

「ではラティ王子。早速残りの兵達への降伏勧告を行いましょう」

「ああ、そうだな……！　じゃあレオーネ。元に戻してくれるか？」

「ええ、分かったわ」

レオーネは異空間の奇蹟を解除し、元の場所に復帰する。

風雪と、魔石獣に偽装した神竜の尾と、身を潜めていた雪と氷の塊が返って来る。

暫く風雪の無い異空間の中にいたので、急に戻って来ると、身震いする寒さだった。

「ウィンゼル王子殿下に付き従いし者達よ……！　よく聞いてくれ――――！」

「戦いは終わりだ……！　もう戦う必要はねえ――――！」

ルーインとラティがウィンゼルを伴い、先頭に立って呼びかけを始める。

「「な、何だ……⁉」」

「「魔石獣じゃなかったのか⁉」」

「「ウィンゼル王子も一緒だぞ……！」」

敵兵達の間に戸惑いが生まれる。

「皆この者達の話をよく聞け！　そして従うのだ……！　よいな——！」

ウィンゼルが騎士達に呼びかける。

「「は……ははっ！」」

どうやら、事後処理の方は上手く行きそうではある。

レオーネはレオンの方に近づいて行く。

「お兄様、助けてくれてありがとうございます」

だがレオーネがお礼を言ったはずなのに——

レオンは両手を合わせて深々と頭を下げて来た。

「すまん、レオーネ……！」

「？　どうかしましたか？」

「兄弟を悲しませるのは良くねえ！　なんて言っちまったけどよ……！　全く俺の言えた

義理じゃねえ。我ながらよくお前のいる前で言えたもんだ……！　悪かった！」

「ああ……だったらこれから、私が笑っていられるようにしてくれたら……それでいいです。確かにお兄様が血鉄鎖旅団に行って、私は辛い目に遭いました。だけど今そのおかげで、友達を悲しませずに済んだから……おあいこです」

レオーネはレオンに柔らかく微笑んでみせる。

「レオーネ……」

「お兄様の事情は──聖騎士と天恵武姫の事は、イングリスが教えてくれました。だから……お兄様はお兄様の信じる道を行って下さい。私は私で、私の信じる道を行きます。大丈夫、仲間達と上手くやっていけますから」

レオーネがそう言うと、レオンはレオーネを抱き寄せ強く抱きしめた。

「……お前はホントいい子だな、俺なんかの妹にしとくには勿体ねえや」

何年ぶりだろう。

家族の──兄の温もりをこんなに近くに感じるのは。

悲しくはないのに、涙で目の前が曇ってしまう。

そしてその潤んだ視界の先にいたリーゼロッテも、こちらを見て目を潤ませていた。

第3章 ◆ 15歳のイングリス　虹の王会戦　その1

アールメンの街。東側防壁付近――

虹の王の尖兵である魔石獣の群れの接近と共に、付近に広がった仄かに虹色がかった靄。

それに触れた途端に人が魔石獣と化し始めた事から、街に布陣する虹の王の迎撃部隊には、戦闘開始の前から巨大な動揺が広がろうとしていた。

それは騎士アカデミーからやって来た、ミリエラ校長率いる選抜部隊も同じだ。

二回生の生徒モーリスが、突然魔石獣へと姿を変えてしまったのである。

「モ、モーリス君まで魔石獣に……！　そんな馬鹿な、こ、校長先生……！　彼の言った虹の粉薬とは……!?」

シルヴァは明らかに狼狽えた様子で、ミリエラに答えを求める。

「血鉄鎖旅団の構成員が所持する秘薬と聞きます……虹の雨に似た効果があり、動物に与えれば魔石獣と化し、多量に服用させれば天上人さえ……！」

「！　では、モーリス君は血鉄鎖旅団の……!?」

「ええ。振り返れば血鉄鎖旅団は、私達よりも詳（くわ）しく王宮の動きを把握（はあく）していたり、各所に内通者を潜ませているふしはありました……！　聖騎士であるレオンさんを引き入れる程ですし——アカデミーにもそういう方がいて、何ら不思議ではないのかも知れません……！　ですが、今はこの目の前の事ですよお……！　恐らく虹の粉薬（プリズムパウダー）が、何らかの作用をしたのだと思いますけれど……！」

人が魔石獣に変わるなどという現象は、ミリエラも聞いた事がない。

モーリスは虹の粉薬（プリズムパウダー）が熱いと言い、そして魔石獣に姿を変えた。だが、それだけが原因ではないだろう。

何かが虹の粉薬（プリズムパウダー）に反応した。

恐らくはこの、虹色がかった薄靄（うすもや）だ。

虹の王（プリズマー）の近くに発生するこれが、他の生命を魔石獣に変えて大軍を生む。虹の王（プリズマー）の移動と共に周囲の生態系を巻き込（こ）んで無数の魔石獣を生み出し、大被害（だいひがい）を巻き起こす。

これと虹の粉薬（プリズムパウダー）が反応して人の魔石獣化を引き起こしたのだろうか？　いや、だとしたら何故今それが起こる？

血鉄鎖旅団は虹の王（プリズマー）の侵攻（しんこう）によって大量に生み出される魔石獣から、付近の村や街を守るために動いていると聞いた。

緊急時(きんきゅう)ゆえに、その行動には目を瞑(つぶ)っているとも——実質的な共闘(きょうとう)態勢だ。

それによって、ここアールメンの街に防衛拠点(きょてん)を築く事が出来たとも言えるだろう。

であれば、だ。

虹の粉薬(プリズムパウダー)を所持した血鉄鎖旅団の兵士は、ある程度虹の王(プリズマー)の近くに接近していたはずだ。

この薄靄の中に踏(ふ)み込んだはずだ。

単にこれと虹の粉薬(プリズムパウダー)の反応であれば、もっと早い段階で魔石獣化する事例が確認(かくにん)され、情報が伝わっているはずだ。

ヴェネフィクとの国境付近で蘇(よみがえ)り動き出した虹の王(プリズマー)は、かなりの距離(きょり)を移動してここアールメンまで到達しているのだから。

少なくとも、血鉄鎖旅団の構成員には迅速(じんそく)に伝えられるはず。命に係(かか)わる重大な情報である。

なのにモーリスはこの場に虹の粉薬(プリズムパウダー)を携(たずさ)えていた。

だから何か、侵攻中にはなくてここにはある別の要因もあるはずだ。

それが何かは分からないが、これは捨て置いてはおけないだろう。

もしもそれが簡単な条件ならば——

容易に人が大量に魔石獣化するような事態が整えられてしまうなら——

それは、この地上の世界を滅ぼす引き金にもなりかねない事態だ。

瞬時にそこまで考えを巡らせつつ、ミリエラは眼下の混乱に目を移す。

魔石獣に姿を変えた騎士が、周囲の騎士に襲い掛かっていた。


ガアアアアァァァァッ！


巨体と化し太く肥大化した腕が、数人の騎士を薙ぎ払う。

「「ぐあああぁぁぁッ!?」」

「くっ……！　おい正気に戻れ！　こちらは味方だぞ!?　聞こえないのか……ッ!?」

「身も心も魔石獣になってしまったというのか……!?」

周囲の騎士達も、味方が魔石獣に変わってしまうなど想定していない。

すぐにそれを討つ行動に出る事も躊躇われてしまい、一方的に魔石獣が暴れるばかりだ。

「グアアアァァァァッ！」

魔石獣と化したモーリスも同じだ。

ユアを丸太のように太くなった脚で蹴り飛ばそうとする。

バシイイイッ！

他の騎士達と違いユアはユアなので、あっさりとその蹴りを受け止めていたが。

「モヤシくん――新しい一発芸？」

きょとんと首を捻りながら、受け止めたモーリスの脚をひょいと持ち上げる。

為す術もなく魔石獣化したモーリスは転び、ジタバタと暴れ始めた。

「……どうどう――」

困った顔をしたユアは、軽く地を蹴る。

モーリスの脚を掴んだまま、近くの建物の屋根に飛び上がった。

魔石獣のモーリスは逆さ吊りのような状態だ。

「グアアァァッ！　ゴアアアァァッ！」

「ねえモヤシくん。校長先生もメガネさんも笑ってないし、早く止めたら？　怒られるよ……？　モヤシくんが怒られたら、誰が私の盾になるの……？」

ユアはモーリスをぶんぶん振るが、それで何かが解決するわけではなかった。

「くっ！　止むを得ん攻撃しろッ！　このままでは向かって来る敵の迎撃も出来ん！」

部隊の隊長格の騎士が、そう指示を飛ばした。

「し、しかしこれは我々の仲間です……!?」

「そ、そうです……！　こいつはいい奴で……隊長もご存じでしょう!?」

「止むを得んのだ……！　やらねばお前達が死ぬ……！　それを見過ごすわけにはいかんのだ！　俺に続けッ！」

隊長格の騎士が魔印武具（アーティファクト）の剣（けん）を振り抜（ぬ）き、雷を纏（まと）った刀身で、自部隊から発生した人型の魔石獣に斬りかかる。

「く……っ！　わ、分かりました……！」

「すまん……！　許してくれ――ッ！」

口先だけでなく隊長自ら動いてみせた事により、怯（ひる）んでいた他の騎士達も覚悟（かくご）を決めて後に続く。


ガアアアアアアアッ！


固まって突撃してきた騎士達に、逆に魔石獣が体当たりを見舞（みま）ってなぎ倒（たお）す。

「「うあああぁぁぁぁっ!?」」

「くっ……！　強い！」

「並の魔石獣じゃない……ッ！」

ゴアアァァッ！

倒れた隊長格の騎士に、人型の魔石獣は鋭く爪を伸ばし、刺し貫こうとする。

「うぅっ……ッ⁉」

爪が騎士の胸板を貫く寸前――一筋の光のような閃きが、天から舞い降りてくる。

ザシュウウウウゥッ！

それは人が変化した魔石獣の頭から縦に奔り抜け、巨体を真っ二つにした。

「「おおおおっ⁉」」

閃光のような早業に騎士達がどよめく中――

倒れた魔石獣の傍に立つ人物は、エリスだった。

「おおお……！　エリス様！」

「天恵武姫が我らをお救いに――」

エリスは冷静だが大きく強い声で、周囲に呼びかける。

「ここは私がやります！　あなた達は陣形（じんけい）を乱さず、迫（せま）ってくる敵に備えて！」

「「はは……っ！」」

騎士たちの間から動揺が消えて行く。

天恵武姫（ハイラル・メナス）がそう言うからには、それが正しい。

そう感じさせて騎士たちの意思を一つにする力が、エリスの言葉にはある。

それは長年積み上げてきた信頼と敬愛の成果である。

エリスは機甲親鳥（フライギアポート）にいるミリエラに呼びかける。

「ミリエラ！　分かるなら教えて、このままどんどん魔石獣化が全軍に広がっていくと思う……!?　だとしたら全軍避難（ひなん）させないと……！」

「エリスさんでもご存じない現象なんですかあ……!?」

「勿論（もちろん）よ……！　普通の人間が魔石獣になるなんて！　こんな事が頻繁（ひんぱん）に起こるようなら、もうとっくに世界は滅びていても可笑（おか）しくない……！　それで、どう思うの？」

「詳しく調べないと断定はできませんが、全軍に広がることはないと思います……！　恐らく魔石獣と化したのは、虹の粉薬（プリズムパウダー）を所持した血鉄鎖旅団の構成員です！　それが虹の王（プリズマー）に近づいた事で、何らかの反応を……！」

「虹の粉薬(プリズムパウダー)……⁉　そう。それだけではない要因もありそうだけれど……」

エリスも先程のミリエラと同じような事を考えた様子だ。

だが、虹の粉薬(プリズムパウダー)の存在が主要因だという事もまた事実だろう。

「それが主な原因なら、皮肉ね。虹の王(プリズマー)に血鉄鎖旅団の間者を割り出して貰(もら)うみたいで……！」

「ええ──そうですね……！」

「とにかく分かったわ！　このまま迎撃態勢を維持(いじ)して、この魔石獣は私が狩(か)るッ！」

エリスは付近に現れていた別の一体の人型魔石獣に突進する。

ギアアアアッ！

魔石獣は迎撃のために拳を繰(く)り出すが、その腕自体が千切れて飛んだ。

エリスの右の剣が、向かって来る魔石獣の腕を薙ぎ払っていたのである。

そのまま全く勢いを殺さず魔石獣の脇(わき)を通り過ぎつつ──

今度は左の剣が胴(どう)を斬り裂(さ)き、魔石獣の体を上下に切断してみせる。

「おおお……⁉　凄(すさ)まじい！」

「何と見事な……！」

「もう一つッ！」

エリスは近くの壁に向かって地を蹴り、更にその壁を蹴って高く飛び上がる。

壁を蹴った反動の、矢のような勢いで斬り込む先は――

屋根の上からユアが逆さ吊りにしている、モーリスだった魔石獣だった。

「はあぁぁっ！」

高速の斬撃が闇夜に閃く。

ひょい。

だがモーリスの体がふわりと持ち上がり、エリスの剣の軌道を避ける。

当然、ユアが持ち上げてモーリスを助けたのだった。

「⁉　あなた、騎士アカデミーの……」

「駄目。やめて。これはモヤシくんだから……」

「気持ちは分かるわ……！　だけど、魔石獣が元に戻る事なんてないのよ！　放っておけば、あなたやあなたの友達が殺されるの……！　だから私に任せなさい。あなたは目を閉じて耳を塞いでいればいいから……」

「やだ。モヤシくんはモヤシくんだし、友達はモヤシくんだけだし――」

「仕方がないのよ……！　他にどうしようもないの、理解して頂戴……！」

「やだって言ってる……！　どうしてもって言うなら……私を倒してから」

いつもぼーっとしているユアにしては珍しく、強い拒絶の意思を見せる。

「ユア君……！　だがそれは……！」

シルヴァとしても、ユアの気持ちはよく分かる。

モーリスも知らぬ仲ではないし、むしろシルヴァにとって理解不能かつ制御不能なユアとの間に入って、色々とユアの面倒を見てくれる良い後輩だった。

血鉄鎖旅団と通じていたとはいえ、助けられるなら助けたいのは山々だ。

だが、エリスの言っている事もまた理解できる。

魔石獣を元の存在に戻す方法など存在しないのだ。

そして今、魔石獣の群れがアールメンの街に迫り、その後には虹の王も迫る中――こちらの部隊が、発生した人型の魔石獣により混乱し、内側から崩壊するような事は避けねばならない。

迫ってくる群れの中には、モーリスらが変化したようなものと同じ、人型の魔石獣も混じっている。あれも恐らく同じ経緯で発生した元人間だとは、皆が分かる事だろう。

自軍に発生したこれに怯んで戦う事が出来なければ、迫ってくる敵集団とも戦えない。

それが結局全軍を殺す事に繋がるかも知れない。

そうしないためには、一刻も早く迷いを振り切って意思統一することだ。

エリスはそれを見せようとしてくれている。

しかも同部隊で距離が近かった者には、直接手を下す事は求めず自分がそれを買って出てくれている。

下手をすれば自分が恨まれる事になるのを厭わず、だ。

ならば特級印を持ち天恵武姫と共に戦うことを未来の使命とする自分は、率先してエリスに協力するべき。

が、ユアに味方してあげたい気持ちもあるのだ。

モーリス一人くらい、何とか見逃す事は出来ないのか、と。

ユアの思う通りにさせてあげる事は……？

だがそれを思う事は、自分がモーリスを知っているからで――

矛盾している。だが、言わねばならない。

「シルヴァさん」

ミリエラ校長がシルヴァの名を呼び、手で制する動きをする。

自分が言うから、それ以上はいい、と表情が物語っている。

シルヴァ自身、それを見てほっとしてしまっていた。
同時に実感する。悔しいが、自分はまだアカデミーの生徒だ、と。
ミリエラ校長に守ってもらっている。
だがシルヴァを制したミリエラ校長が何か言うよりも更に早く、エリスが動いていた。
「ごめんなさい……！　恨んでくれていいから――――！」
エリスは着地した地上から、双剣を鋭く振り抜く。
その間合いには何もおらず、刀身は空を切るはずだが――
エリスの手元は、空間がねじ曲がったかのように、ぐにゃりと歪んでいる。
「……！」
黄金の双剣の刀身だけが、モーリスのそばに出現する。
ユアは虚を突かれ、反応が遅れる。
刀身がモーリスの身を捉え――る寸前に、刃の前に別の刃が出現する。

ガキイイィンッ！

それは黄金の槍の穂先だった。激しく火花を散らし、剣の軌道を食い止める。

エリスの双剣と同じように、空間が歪み何もない所から槍だけが現れていた。

「!?　これは私と同じ……！」

「邪魔をさせて貰うぞ。同志を守ろうとする行為は捨て置けん……」

ユアがモーリスを逆さ吊りしている建物とは別の建物の屋根から、声がする。

そこには長い赤い髪をした長身の美女がいた。

エリスの剣を防いだ黄金の槍を携えている。

「天恵武姫……!?　血鉄鎖旅団の……!?」

「システィアだ。今はそちらと事を構えるつもりはない。カーラリアの天恵武姫よ」

「……エリスよ。こちらもそうしたい所だけど」

エリスは油断なく、システィアの様子を窺う。

そのシスティアは自分のいる屋根から跳躍し、ユアの近くに飛び移った。

「お怪我はありませんか？」

システィアはユアに向け微笑みかける。

一見怖そうな雰囲気の美人が、初対面からやけに親切である。

全くそうされる覚えもないので、ユアはきょとんとして返事をする。

「だ、だいじょぶ……あ、あざっす」

「では今のうちに、その者を氷塊の中に閉じ込めて下さい……！　大丈夫、魔石獣の生命力ならばその程度ですぐに死にはしません！　動きさえ封じておけば、元には戻せませんが、何とか共存可能な形で生き永らえさせることは……」

「……凍らせるの？　ええと。急に言われても、むずい……」

「私がやります！　ユアさん！　モーリスさんをこちらに向けて下さい！」

「校長先生！　へい……！」

ユアは言われた通りに、モーリスの体をミリエラの方向に向ける。

「氷よッ！」

ミリエラ校長が翳した杖の先端から、無数の氷塊がモーリスへ向けて飛んで行く。

それがモーリスの体に着弾すると、体の表面の一部が凍り付く。

間髪入れずに連続で氷塊が着弾すると、見る見るうちに氷が巨大になったモーリスの体全体を覆いつくして行く。

あっという間に氷漬けのモーリスの完成だった。

「おお……校長先生。あざっす」

「いいえ、お礼なんていいんですよ。ですけど、私にはここまでしか……」

エリスは剣を鞘に納め、システィアに問いかける。

「……それから、どうするつもりなの？　もし天恵武姫（ハイラル・メナス）に魔石獣（ませきじゅう）を救う能力があるのなら、是非（ぜひ）見学させて貰いたいところけれど……」

「済まないが、それは出来ん。私が行うのではないからな」

屋根の上のシスティアは、更に頭上の夜空を仰（あお）ぎ見る。

その視線の先には、夜空に浮（う）かぶ黒い大型の機甲鳥（フライギア）の機影（きえい）があった。

丁度地上に布陣している部隊と、空に布陣している聖騎士団（きしだん）との中間に割（わ）り込むような位置だ。

「あれは……！」

仮面で顔を隠（かく）した、全身黒ずくめの人物が機甲鳥（フライギア）の機上に立っている。エリスは初めて見るが、その異相は話には聞いている。

血鉄鎖旅団の首領の黒仮面だ。

「虹の王（プリズマー）に挑（いど）まんとする高貴なる戦士達には、お耳汚しをご容赦（ようしゃ）願いたい――我（わ）が同志達に告ぐ……！　虹の粉薬（プリズムパウダー）を今すぐ廃棄（はいき）するのだ……！　それがこの虹の王（プリズマー）の気と混ざり合い、人を魔石獣へと変える……！　虹の粉薬（プリズムパウダー）さえ持たなければ、魔石獣化は確認されていない……！　さあ急ぐのだ！」

黒仮面は声を張り上げ、周囲へと呼びかける。

声は人一人が発するものにしては、大き過ぎる程に大きく遠く響く。

かなりの大軍が集っている戦場だが、その全体に届きそうな程に感じる。

エリスには魔素の動きを感じられなかったが、何かしらの特別な力が加わっているのかも知れない。

「だけどなぜこんな土壇場でそれを言うのかしら……もっと早くに知らせてくれた方が被害も混乱も少なくて済んだのに……」

「ええ、そうですね。虹の王は長い距離を移動してきましたから、その間に気が付いたはずですが――」

エリスの漏らした感想に、ミリエラも頷いて同意する。

「仕方がなかったのだ。我々とて早くに魔石獣化が分かっていれば、同志達に伝えていた……このような伝わり方は、内部に潜んでいる同志の存在を伝えるようなものだ。だがあの現象は、虹の王がこのアールメン付近に近づいてから急に発生し始めた。危機を伝え同志を救うため、出来る限り急いだ結果がこの状況なのだ。非難される謂れはない」

システィアは少々不機嫌そうにそう述べる。

「アールメンに近づいてから急に？　そう、それは仕方ないわね……ごめんなさい」

「理解頂けたなら構わん。こちらとて、虹の王との戦いの足を引っ張るような結果になり、申し訳ないと思っている」

「ですが、このアールメンに近づいて急にそんな事が起こるとは……？　この土地に何かあるんでしょうか？　確かに、元々虹の王（プリズマー）が安置されていた場所ではありますが……」

シルヴァは話を聞いて感じた疑問を口にした。

「もしくは、虹の王（プリズマー）の力がこうしているうちにもどんどん増していて、虹の粉薬（プリズムパウダー）と反応して人体に異変を起こすまでになってしまった、と考える事もできますね」

シルヴァに対してミリエラが応じる。

「いずれにせよ、何一つとしていい事ではないわね……」

そのエリスの言葉を、誰も否定は出来なかった。

「あの、モヤシくんはいつまでこのまま？　落としたら粉々に割れそうで怖いんですけど……？」

モーリスが凍り付いた屋根の上は少々斜（なな）めになっており、ユアは落ちないように支えているのだった。

「これはすみません、もう暫くお待ち下さい」

システィアがユアを手伝おうと手を伸ばした時、上から声が降ってくる。

「システィアよ、待たせたな。せめて我等の手で、哀（あわ）れなる同志達を眠（ねむ）らせるのだ」

機甲鳥（フライギア）に乗った黒仮面がシスティアを迎（むか）えに来たのだ。

「は――っ！　ですが、その前にこのモーリスをお救い頂けませんか……⁉　あのノーヴァの街の執政（しっせい）官と同じように」

システィアは黒仮面に恭（うやうや）しく頭を下げて願い出る。

「それが救いなのかどうかは、何とも言えぬが……お前の願いならば、そうしよう」

「ありがとうございます……！」

黒仮面はそう頷くと、氷漬けのモーリスの傍に降り立つ。

そして手を触（ふ）れると、その個所（かしょ）から青白い煙（けむり）のような光が立ち上った。

それが見る見る大きく膨（ふく）れ上がって行くと、逆に氷に包まれたモーリスはどんどん縮んで行く。

「おお……⁉」

目を丸くするユアの目の前で、モーリスは手や肩（かた）に乗るくらいの大きさになっていた。

「あ！　そういう事ですねぇ……！　これが、イングリスさん達が連れているあの子の……！」

「如何（いか）にも。先程も述べたように、これが救いになるのかは分からぬが……暴れ出しても大した害にはなるまい。我に出来るのはこの程度だ、済まぬな」

黒仮面はそう言って、小さくなった氷漬けのモーリスをユアに手渡(てわた)した。

「いや……あざっす。元に戻れなくても、ちゃんと飼う。友達だから……」

「そうか……同志モーリスの事をよろしく頼(たの)む」

黒仮面はユアに向けて頭を下げた。

「ユアさん、私もお手伝いしますから、モーリスさんを元に戻す事ができるか研究をしてみましょう？　セオドアさんも協力して下さるはずですから」

「校長先生。はい、これからちょっと真面目に生きます」

「いやあ、今までも真面目に生きてて欲しかったですけどねぇ……？　自覚あったんですねえ。ま、まあ頑張(がんば)りましょう……！」

その様子を見て、黒仮面は踵(きびす)を返す。

「では行くぞ、システィア。まだ魔石獣に変えられてしまった同志がいる。彼等(かれら)を休ませてやらねばならん」

「はい……！」

「街の中の混乱は我々に任せてくれ。そちらが前だけを向いて戦えるようにさせて頂く。地上に生きる民である以上、虹の王(プリズマー)との戦いに手を貸さぬ道理はないからな」

「――ええ、感謝をするわ」

　エリスが黒仮面にそう応じる。

　あとはもう、それぞれの敵に当たるのみ。

　そのような気配になっていたが、シルヴァが声を上げる。

「待って下さい！　エリス様、校長先生……！　今モーリス君を変化させたような対応が出来るならば、可能な限りそうすべきでは……⁉　救われる命が……いや、救われるとも言い切れませんが、それでも――ならば全軍は人が変化した魔石獣に対しては、氷漬けにして動きを封じるように指示をするべきでは……？」

「シルヴァさん」

「メガネさん……たまにはいいこと言う」

「たまには余計だっ！」

　シルヴァの提案に、黒仮面は少し思案していた。

「ふむ……魔石獣に変えられた人々は皆、我が同志達だ。命だけでも永らえさせ、未来の可能性に賭(か)けるも良い。戦い方を制約する事にはなるが、心遣(こころづか)いをして頂けるのであれば有難(ありがた)い。が――」

「何か問題が……？」

「済まぬが、我の力とて無限ではないのだ。あれだけ多くの者達に変化を施(ほどこ)せば、虹の王(プリズマー)

本体との戦いに手を貸す余力は残るまい。それでも構わぬか？」

「…………」

エリスは少々返事に窮(きゅう)した様子だが、シルヴァは即答(そくとう)する。

「構わない！　虹の王(プリズマー)本体との戦いに力が足りないというならば、それを補うのは僕(ぼく)の役目だ……！　この特級印は、飾(かざ)りではないんだ……！」

「私もがんばる……一応」

「うむ、頼もしい事だ。元々、こちらは黒子に徹(てっ)するがこの国と人々のため。人心と国体を揺(ゆ)るがすつもりはないのだ。我等の敵は、地上を食い物とする天上人(ハイランダー)のみ。ではそちらの指示は頼む。古き王国の姫君(ひめぎみ)たる天恵武姫(ハイラル・メナス)よ――」

「……!?　あなた、どうしてそんな事を……一体何者……!?」

「ええっ……!?　エリスさん、どこかのお姫様(ひめさま)だったんですかあ!?」

「古い話よ……！　もうとっくに終わった話。今目の前の状況とは、全く関係のない話だわ」

「そうだな。余計な事を失礼した。今は虹の王(プリズマー)を打ち滅ぼす事に力を尽(つ)くすのみ……では、方針の指示を願えるか？」

「……必ずしも滅ぼす事だけが目的ではないわ。誰もいない僻地(へきち)に追い払う事が出来るなら、それでも構わない……」

だがどちらにせよ、黒仮面の提案の通りにしていいのかどうかは、悩(なや)ましい。

魔石獣化した人間を生き永らえさせる事が出来るかも知れないというのはいいが。

そのために力を使えば虹(プリズマー)の王本体との戦いに助太刀(すけだち)する余力は無くなると言う。

先程(さきほど)、魔石獣化した人間を小型化したあの力。エリスにはその力の正体は分からなかった。魔素(マナ)の流れを感じなかったのだ。

だが見た目にも、何か強い力が働いたのは確実。

天恵武姫(ハイラル・メナス)の自分にすら正体不明の、だが強力な力――

それはつまり、イングリスと同じかも知れない。

だとするならば、この黒仮面の力は、虹(プリズマー)の王本体との戦いにこそ使うべきなのでは、と思う。

その方がラファエルの負担が減るのは間違(まちが)いない。この戦いを生き延びられる可能性も高まるだろう。

いくら魔石獣化した人間に変化を施しても、その後虹(プリズマー)の王を止められなければ意味がない。助けた人間以上の被害が出てしまう。

黒仮面は血鉄鎖旅団は黒子に徹する方がこの国と人々のためだと言った。

それは、血鉄鎖旅団があまりにこの戦いで活躍すると、人々の人望がそちらに移り、結果的に国の政情を不安定化させてしまう事を懸念したものだ。

あちらはカーラリアの国を切り取ろうとか、転覆させようという意図はないという事なのだろうが——それよりも何よりも、虹の王本体との戦いに、全てを集中するべきではないか。魔石獣には国境などないのだ。

そう考えると、容易に黒仮面の提案に頷く事は出来なかった。

少なくとも自分の一存では。

エリスが思案していると——

「分かりました。全軍に伝えましょう。人型の魔石獣に対しては、凍り付かせて動きを止めて対応するように、と」

それはエリスが発したものではない。

頭上、いつの間にかそこまで降りて来ていた、機甲鳥に乗る人物からだ。どうやら、こちらの話も耳に入っていた様子だ。

「ラファエル……！　そんな簡単に……」

「ほ、ホントにいいの？」

エリスに続き、機甲鳥の操縦桿を握るリップルもそう問いかける。

「はい。僕もシルヴァ君の考えに賛成です。可能な限り多くの人を救いたい。こちらには、彼のように魔石獣に変えられてしまった人達を変化させる事は出来ませんから、彼にしか出来ない事で力を貸して貰うべきだと思います」

ラファエルは迷いなく頷いてみせる。

「魔石獣化した者達は皆、我等血鉄鎖旅団の同志達……貴国に仇為すつもりはないが、貴国にとっての裏切者である事もまた、確かだ。それでも彼らを救わんとするのか？　聖騎士よ」

「魔石獣に脅かされる人々に、国や立場の違いは関係ない。出来る限り多くの人間を救う事に力を尽くす。それが僕が思う聖騎士の在り方だ」

「貴殿に敬意を表する。では虹の王本体との戦いは貴殿に委ね、我は我にしか出来ぬ事に力を尽くさせて頂こう」

「ああ。こちらは任せてくれ」

ラファエルは黒仮面と頷き合う。

「エリス様、リップル様、済みません……僕の一存で」

「総指揮を任されているのはあなたよ。決定権はあなたにある。決めたのなら従うわ」

「うん。ボクもエリスと同じだよ。ラファエルが決めた事なら」

だが、安易にラファエルを虹の王本体と戦わせ、命を落とさせたりはしない。

それは本当に最後の最後の手段だ。

倒せないまでも、通常戦力で人里離れた僻地への誘導を試みる事も出来る。

時間を稼いでいるうちに、イングリスが援軍に間に合うかも知れない。

自分達の力で、そこまで持っていく。決して諦めない。

エリスとリップルも頷き合った。

「では急いで全軍に伝令を出し、この作戦を伝えましょう……！」

「ええ……！」

「うん、分かったよ！」

動き出そうとするラファエル達を、黒仮面が制止する。

「待て。伝令ならば我の肩に触れ、話すがいい。その声を全軍に届けよう」

「ああ、先程街中に響いた――一体どういう仕組みで……」

「何、大したものでもない。さあ急ぐがいい」

ラファエルは機甲鳥から黒仮面の傍に降り立ち、その肩に手を置いた。

「ラファエル・ビルフォードです。皆、聞こえますか――!?」

その声は先程の黒仮面の声と同じように、この街に布陣する全軍に響き渡った。

「魔石獣化した人間に対しては、氷の魔印武具(アーティファクト)の力で動きを封じて下さい！　その後、止(とど)めを刺す必要はありません！　別途(べっと)、無力化を行う処置を施します！　各自の装備は氷の魔印武具(アーティファクト)を優先！　また、氷を扱(あつか)える人員を優先して守るよう、陣立(じんだ)てを！」

　その呼びかけに、あちこちから反応する声が上がる。

「ラファエル様……!?　聖騎士(きし)殿(どの)がそう仰(おっしゃ)るなら！」

「こいつらを、助けてやれるんだな……！　よし、やるぞ……！」

「承知しました、ラファエル様！」

　先程の黒仮面の呼びかけには、皆静まって聞いていたが――

　ラファエルの呼びかけには歓声(かんせい)と、奮い立つような反応が返ってくる。

「では、かかりましょう……！　僕に続いて下さいッ！」

　ラファエルはそう呼びかけると、神竜の牙(ドラゴン・ファング)の紅(あか)い刃を抜き放つ。

　グオオオオオオォォォンッ！

　ラファエルの気迫(きはく)に反応し、魔印武具(アーティファクト)が竜の咆哮(ほうこう)を放つ。

　刃と同じ紅い鎧(よろい)がラファエルの身を包み、鎧の翼(つばさ)がラファエルを天に舞い上げる。

尾を引く紅い輝きは、自分の背中を追えと促しているかのように見え、戦場に臨む騎士達の心を奮い立たせる。

「「「おおおおおおっ！」」」

戦場のあちこちから声が上がる。

「ラファエル――！　後ろは皆に任せましょう！」

「ボク達は前行こ！　前！　大群がもうすぐ近くに来てるよ！」

「はい！　行きましょう！」

エリスとリップルの乗る機甲鳥と並走し、ラファエルは東側の防壁外上空に布陣する聖騎士団の前に出る。

振り向くと部下達はラファエルの指示に即応し、氷の魔印武具を扱える者を後衛に置くよう隊列を整えている最中である。

その時間を稼ぐためにも――！

「エリス様！　リップル様！　僕達が先行して敵陣に突っ込みます！」

「ええ、そうね……！　それがいいわ！」

「じゃあボクとエリスが左から！」

「はい、こちらは右に――！」

ラファエルとエリスとリップルの乗る機甲鳥(フライギア)は急激に方向転換(てんかん)し、それぞれの方向へと散っていく。

全速で加速し、ラファエルは右翼(うよく)の端(はし)に到達(とうたつ)する。

「うおおおおぉぉぉぉっ！」

全速力の突撃(とつげき)から、神竜の牙(ドラゴン・ファング)の紅い刃を飛鳥型の魔石獣に突き立てる。

キュオオオオォォォッ！

魔石獣は悲鳴を上げ身を捻(ひね)らせ、脚(あし)で掴(つか)んでいた人型の魔石獣を下に落とした。

それは問題ない。魔石獣に物理的な打撃(だげき)や衝撃(しょうげき)などは通用しない。

傷をつけるには、魔印武具(アーティファクト)の存在が不可欠だ。

だから、多少高い位置から落下をしても、人型の魔石獣は無事なはず――

問題は、飛鳥型の魔石獣の方だ。

虹の王(プリズマー)が生んだ眷属(けんぞく)と思われるこれは、以前は神竜の牙(ドラゴン・ファング)の刃が触れると蒸発するように消滅(しょうめつ)していたはず。

今はそれがない。消滅せずに体を維持し悲鳴を上げているのだ。

「間違いない……！　以前の個体より強度が増している……！」

生み出す眷属の強さが上がっているという事は、本体もまたそうであろう事は容易に想像がつく。

「だが今は――――！」


ザシュウウゥゥッ！


横に薙(な)ぎ切った紅い刃が、魔石獣の体を両断した。

消滅させるまでとはいかずとも、こうして斬(き)り裂く事は難しくない。

「斬れるのならば、それでいい――――！」

ラファエルは神竜の牙(ドラゴン・ファング)を体の横に水平に構え、そのまま横に長い敵集団の中央部に向けて突進(とっしん)を開始する。

「うおおおぉぉぉぉっ！」

広大な範囲(はんい)の斬撃は紅い尾を引く一筋の光となり、多数の飛鳥型をまとめて斬り捨てた。

同時に大量の人型が地面に墜落(ついらく)して行く。

そこに聖騎士団の後衛から放たれた氷塊が着弾。

氷漬けの魔石獣の置物が次々と造り出されて行く。

ラファエルが右翼の端から中央に向けて突撃を続けていると、逆の左翼の端からも、次々と人型の魔石獣が地面に落下していくのが目に入った。

「流石、エリス様とリップル様――――！」

こちらも負けていられない。

ラファエルはますます速度を上げ、右翼を押し込んで行く。

逆側のエリスとリップルも左翼を押し込み続け、横に長かった魔石獣の集団は中央に丸まるように押し込まれて行く。

中央部にラファエルが到達すると、既に聖騎士団の前衛が正面の魔石獣と激しく交戦していた。

ラファエルとエリスやリップルが離れていても、きっちりと魔石獣を押し込んでいる。

敵はヴェネフィクとの国境付近で戦った飛鳥型よりも強化されているが、それでも対応できている。彼らを預かる指揮官としては、頼もしい姿だった。

聖騎士団の犠牲は少なく、魔石獣の数は見る見る減って行き――

やがて、左翼から回り込んでいたエリスとリップルと合流する。

「ラファエル！　そちらは大丈夫ね⁉」

「ええ。ですがエリス様、リップル様、気付きましたか？　この魔石獣は以前のものより力を増しているようです……！」

「うん。何か前より耐久力が増してるよね！　やっぱり本体の力が増してるからなのかな……!?」

「それだけに、前座で戦力を消耗していられないわ！　とにかく味方の被害を抑えてここを乗り切って、次に備えましょう……！」

「ええ、そうですね！」

ラファエルは後方のアールメンの街の方向を振り返る。

人型の魔石獣が発生した混乱は既に収まりつつあるようだ。

防壁の上に陣取った部隊から、地面に落ちた人型魔石獣に向けた氷の魔印武具による援護射撃も開始されている。

更には街のあちこちから、青白い煙のような光が立ち上っていた。

黒仮面が凍り付かせた人型魔石獣を変化させる時の輝きである。

そちらの方も順調そうだ。街中が終わったら、次は外で凍らせた魔石獣達への処置もお願いしたい。大変だろうが、こればかりは任せるしかない。

「あちらも頑張ってくれて……っ!?　あれは……!?」

「うわ……っ!?　ちょ、ちょっとあれ見て！」

「！　リップル、ラファエル！　次が来たわよ……！」

三人が同時に声を上げる。

ラファエルは後方を、エリスは右方向を、リップルは正面を見ながら。

「「「!?」」」

つまり三人が別々の方向に同時に敵集団を見つけたのだ。

「な……!?　これは——!?」

「こちらを包囲しようとしているの!?」

「ど、どっちを見ても魔石獣だらけだね……！」

アールメンの街をぐるりと包囲するように、魔石獣の大集団が姿を見せたのだ。

ほぼ全てが飛鳥型。その数は、今交戦中の集団の数倍、いや十倍近いかもしれない。

しかも異様なのは——

「魔石獣がこんな動きをするなんて……!?」

「うん……こんな事、今まであったかな……!?」

エリスとリップルも、ラファエルと同じ事を考えているようだ。

魔石獣というのは、強大な力を持ちこの地上に生きる人間全ての脅威(きょうい)ではあるが、その行動は多分に動物的なのだ。

群れのような集団を作って、行く先の村や街を襲う事は確かにある。

が、それはあくまで本能的なものであり、戦術や戦略のようなものではないのだ。

このように相手や敵拠点を包囲して攻撃するような動きは、魔石獣のそれとは思えない。

何か明確な目的や戦術があっての動きのように見えるのだ。

数はもとより、その動きが不気味だ。それゆえに脅威を感じる。

だがそれを強調していても始まらない。

敵がそう来るのならば、それに対応するのがこちらの使命だ。

「僕達が狼狽えている場合ではありません！　すぐに迎撃態勢を整えましょう！」

「ええ、そうね！　私達が迷っていれば、その分味方が倒れて行くだけ……！」

「どう迎撃しよっか……!?　あの数は、聖騎士団だけじゃ相手しきれないよ！」

「僕達だけが突出していては孤立します！　防壁の内側に退きましょう！　諸侯の軍と連携し、全軍で当たります……！」

「敵は全方位から押し寄せて来ているわ……！　どこか一方向が崩れれば、そこから全体が突き崩されてしまうかも！」

「じゃあボク達は、バラバラの方向にいた方がいいかもね！」

「では聖騎士団は四手に分かれ、それぞれの方向で主力として戦線を支えましょう！」

「三方向は私達が一人ずつね……！　残った一方向は——!?」

「副長に任せて、あとミリエラに応援に行って貰おう！　せっかく来てるんだし、ね！」

「分かりました！　ではそうしましょう！　態勢を整える間、僕が聖騎士団の殿を務めます！」

まだ第一陣の敵も全滅していない。

とはいえすぐに動かないと、第二陣の大集団への対応が難しくなる。

ここは迎撃態勢を取る間に、敵を抑える殿役が必要だ。

「じゃあボクがミリエラに話しに行くね……！」

「エリス様は副長と一緒に、皆を四分割して配置する指揮をお願いします！」

「分かったわ！　私はその後西の守りにつくわね！」

「じゃ、ボクは北！　ミリエラは南に行ってもらうね！」

「こちらは殿を務めた後、そのまま東の守りにつきます！」

三人は頷き合い、それぞれの目標に向けて動き出した。

第二陣の飛鳥型魔石獣の大軍は、アールメンの街を包囲し、徐々に輪を狭めるように迫って来る。

対抗するカーラリア軍は四方向に分隊した聖騎士団を中心に、魔石獣の撃退を試みる。

防壁に陣取った騎士達から一斉に遠距離攻撃が放たれるが、当然それだけでは防ぎきれず、アールメンの全域で交戦が始まった。

東側を担当するラファエルは、自身も魔石獣と交戦しつつ声を嗄らして周囲を鼓舞する。

「負傷者は無理をせず、必ず地下坑道に退避を――！　地下ならば安全です！　無事な者は負傷者の退避を援護して下さい！」

敵の飛鳥型の魔石獣が、地下坑道にまで侵入してくる事は考え辛い。

狭い地下坑道では自由に飛び回る事は出来ず、文字通り翼をもがれた鳥となる。

坑道内にも一部の騎士を配置しているから、入って来てくれるならむしろ好都合だ。

この地下坑道があってくれてよかった。

乱戦で負傷者の退避先が無くそのまま放置されてしまうと、後続の魔石獣に止めを刺されてしまい、犠牲が多くなってしまうだろう。

というより通常の乱戦ならばそれが普通なのだが、地下坑道の存在のおかげで味方の生存率を上げる事が出来る。これを利用しない手はない。

「お互いの距離が離れ過ぎないように！　決して個人で突出する必要はありません！　死角を補い合って、なるべく被害の少ない戦いを！　先はまだまだ長いです――！」

前線は互角のせめぎ合いだ。

敵の数はまだまだ多いが、今の所は犠牲を少なく抑えつつ耐える事が出来ている。

このままこの状況を継続して――

そう考えている間に、ラファエルの後方から飛び出してくる人影があった。

前線を遥かに飛び越えて、敵の真っただ中に飛び込むかのようだった。

「！　前に出過ぎです……！　危険ですよ、戻って下さい！」

ラファエルの制止も空しく、その人影はあっという間に敵に囲まれ姿が見えなくなる。

が――

バシュウウウゥゥンッ！

青白い光の柱が立ち上り、魔石獣達が吹き飛んで消滅した。

光の中に浮き上がる姿は、血鉄鎖旅団の黒仮面だった。

「……！」

「邪魔をしてすまぬな。こちらにも為すべき事があるのでな」

その黒仮面を更に狙って、魔石獣が詰め寄るが――


ドドドドドドドッ！


鋭く強い連撃を受けて、次々と体が四散していく。

黄金の槍の穂先による、弾幕のような連続突きだった。

それを放った人物、システィアも黒仮面に並び、ラファエルを振り返る。

「そちらが望んだ事だぞ。それ以上の指図は受けん……！」

つまり黒仮面とシスティアは、街の外側で凍らせている人型の魔石獣の処置に向かおうとしているのだ。

「お、お願いします……十分に気を付けて下さい！」

それを止める理由はないし、その権利もない。

それに、彼等なら大丈夫だろう。

「いらぬ世話だ、それよりも自分達の身を案じるのだな……！」

「止せ、システィア。急ぐぞ、同志達が待っている——」

「はっ！　失礼しました！」

システィアが深々と頭を垂れ、二人は共に敵の集団の中に消えていく。

「他の場所の戦況は……!?」

ラファエルは上に飛び上がり、他方向の戦況を窺う。

エリスが率いる西側と、リップルが率いる北側はこちらと似たような状況だ。

前線が拮抗し、敵をしっかりと食い止めている。

そして副長とミリエラ達に任せた南側。

そちらが一番、敵の大集団を食い止めていた。

いや、食い止めるどころか逆に真っ先に押し返し始めている。

「すごいな……！　ありがとうございます、ミリエラ先輩——」

南にはミリエラ達に応援を頼んでいる。

騎士アカデミーの生徒達までこの戦いに駆り出してしまったのは申し訳ないが——

この戦果の差は、シルヴァ達アカデミーの生徒達の力が大きいだろう。

応援がミリエラ一人だけならば、恐らく他の方向と拮抗していたはずだ。

いい生徒達が育っている――

これに加えて、この場にはいないラフィニアやイングリス、レオーネ達もいるのだ。

死に急ぐつもりなどないが、自分の次に続く世代は育っている。

そう感じられて、頼もしさを覚えた。

ならば自分も目の前の状況に専念して――

最前線に出ようとした時、後方から騎士達の戸惑うような声が響いた。

「うおっ……⁉　お、おい君……！　危ないぞ！」

「き、騎士アカデミーの生徒か……⁉　とにかく前に出過ぎだ、戻るんだ……！」

そう声をかけられているのは、どこかぼーっとしたような小柄な少女――ユアだった。

ユアはまるで朝の軽いランニングのような感じで道を走って来て、最前線を突破していく。

動きの軽さに反して、走る速さは驚くような猛スピードだ。

更に壁を蹴りながら、近くの高い建物の屋根に飛び上がった。

その動きは、何でもなさそうにしつつも周囲の騎士達が姿を見失う程の鋭さだった。

「あれ……⁉　ど、どこだ……⁉」

「上だ……！　速いッ！」

驚き心配する周囲を、ユアは振り向く。

「ども。おーえんに来ました」

言いつつ人差し指をぴっと立て、親指もそれと直角に、指鉄砲の形を作る。

「ばきゅん」

バシュウウゥゥウゥッ！

指先から光線が迸り、手近な魔石獣の身を貫いてみせた。

貫かれた魔石獣はそのまま地面に墜ち、消滅して行く。

キユオオオォォォォオォッ！

その敵と言わんばかりに、周囲の魔石獣が一斉に群がる。

「ばきゅんばきゅんばきゅん」

その数に対応するべく、ユアは両手を指鉄砲の形にし、双方から光線を連射した。

次々と魔石獣が地面に墜ちて、周囲の敵の密度が減って行く。

「おおお……！」

「す、凄いぞ、あの学生……！」

騎士達から感嘆の声が上がる。

「あの娘は……⁉　クリスと同じ無印者……⁉　まるでクリスみたいだ……！」

周囲の騎士達にそこまで気にする余裕は無かったが――

ラファエルはユアの両手の甲に何の魔印も刻まれていない事に気が付いた。

自分の知っている常識では説明不可能な、得体の知れない強さ。

そういう意味ではこの生徒は、イングリスを見ているようだった。

特級印を持つシルヴァに加えこのような突出した生徒がいるなら、南側だけ目に見えて優勢だったのも頷ける。

「とう」

周囲の敵が減ってくると、ユアは更に敵が密集する奥の建物の屋上へと飛び込む。

また両手の指先からの光線の連射でその場をこじ開けていくが――

ギュオオォォッ！

流石に、敵の密集が多過ぎた。

光線をかいくぐった個体が一体おり、突撃してユアへの体当たりを成功させた。

「おお？」

ユアの小柄で軽い体は簡単に飛び、屋根の上から弾き飛ばされて落ちて行く。

「あぶないっ！」

ラファエルはユアが地面に落ちる前にその軌道に回り込み、受け止める。

「大丈夫かい……!?　ええと君は……」

「ユア——です。どうも」

「ああ。ユアさん、応援はありがたいけれど、一人で出過ぎるのは危険だよ。僕達と連携を取ってくれないか？」

ラファエルがそう言うと、ユアは無表情ながらも少々顔を引きつらせた。

「うひぃ……！　さーせん、ごめんなさい、申し訳ございません……！」

「!?　い、いや、そんなに怒ったつもりは……ご、ごめんよ。怖がらせるつもりは……」

「？　怖く、ない？」

「そのつもりなんだけど……」

「でも、あの子のアニキだから、きっと怒るとめちゃくちゃ怖い」

「あの子？　ラニの事かい？」

ラファエルが尋ねると、ユアはこくこくと頷く。

「ははは……それは、ごめんよ。僕はあまりそういう姿は見た事がないんだけど」

「……怒ってない？　怒らない？」

「ああ大丈夫だよ。それより、一人で突っ込まず、僕達と協力して戦ってくれないか？」

「うん。イケメンの神様」

ユアの気だるそうな瞳が、少しだけ輝いたようにも見える。

「そ、それ僕の事かい……!?」

ユアはまたこくこくと頷く。

まあ彼女がラファエルの事をどう呼ぼうが自由ではあるが、戸惑ってしまうのは確かだった。

「と、とにかく。よろしく頼むよ……！」

言いながら、ラファエルは抱き止めていたユアを地面に下ろす。

魔石獣の群れはこちらを追って、目の前まで迫っていた。

「はい、じゃあ――すごいばっきゅん……！」

ユアの右手の指先から、先程の数倍以上の光線が迸った。

それは大きいだけでなく、虹色（にじいろ）の尾を引くような不思議な輝きも発していた。


ボシュウウウゥゥゥウンッ！


見た目通りに威力（いりょく）の方も跳（は）ね上がっている。

何体もの魔石獣をまとめて貫通（かんつう）しながら押し流（なが）していき、豆粒（まめつぶ）くらいに遠ざかったところで爆発（ばくはつ）し纏（まと）めて消滅させていた。

「「おおおお……!?　何て威力だ――！」」

「ユアさん!?　本当にすごいな……！」

いつの間にかユアの身体には、リップルにも似たふさふさの耳や尾が現れている。

それが光線と同じような虹色の不思議な輝きを放っていた。

ともあれ自分ですごいと言うだけの事はある威力と射程だ。

神竜の牙（ドラゴン・ファング）に遠距離攻撃する能力はないため比較（ひかく）できないが、先程ラファエルが人型の魔石獣を凍（こお）り付かせるために使っていた短剣（たんけん）の魔印武具（アーティファクト）の威力は遥かに超（こ）えている。

「ガンガンやる――」

しかも連射が効く――――！

ボシュウゥンッ！　ボシュウゥゥッ！　ボシュウウウウウウゥゥゥンッ！

あっという間に目の前の広範囲が掃除され、綺麗になった。

いくつかの建物も見る影もなく破壊されているが、最前線から前に向けて撃っているため味方を巻き込む事もない。問題は無いだろう。

「よし前が開いた――――！」

「前線を押し上げろ……！」

「おう！　行くぞっ！　魔石獣どもを押し返してやる！」

ユアが敵を排除した空白に、騎士達が雪崩れ込んで行く。

「えーと、次は……」

ユアはきょろきょろと辺りを見回す。

一斉に動き出した味方の動きに戸惑っているようでもある。

「ユアさん！　僕に掴まってくれ！　僕が君の足になる！」

ラファエルはユアに呼びかける。

どうにもユアは集団で協調して戦う事は苦手なようだ。

ここは自分がユアと一緒に飛び、最も効果的な位置取りをし、ユアには気兼ねなくその攻撃力を活かして貰う方がいいだろう。

再接近してきた敵は神竜の牙で斬り捨てる事により、ユアの身を護る事にもなる。

「掴まる？　おんぶ？」

ユアが小首を傾げる。

「肩車でも、どちらでも！　僕が君が撃ちやすい場所に飛んで行くから！」

「分かりました。じゃあ……」

ひょい。とユアはラファエルの肩に飛び乗った。

「わーい。イケメンの神様の肩車」

「はは……力を貸して貰うんだから、このくらい当然だよ。じゃあ、前に出るよ……！」

「がってんです……！」

飛び上がったラファエルは目の前に飛び出てきた魔石獣を斬り捨てつつ、全体の最前線までユアを運ぶ。

「ユアさん！　今だ正面に……！」

「すごいばっきゅん」

ボシュウウウゥゥゥンッ！

ユアの放った光線は確実に、大量の敵を巻き込んで撃ち落とした。

「よし次だ……！」

「うぃっす」

位置を調整しもう一撃。

今度も同数程度の敵を巻き込む。

「あちらにも回り込む！　今だ、ユアさん……！」

「うっし……すごいば…………っ⁉」

ユアはびくんと身を震わせ、そのまま硬直してしまう。

当然光線は発射されず、ラファエルは一度その場から下がると、肩に座っているユアを見上げる。

「ユアさん？　どうした、疲れたかい？」

あれ程の威力の攻撃を連発していたのだから、無理もない事ではある。

ユアは無印者であり、その攻撃がどの程度ユアを消耗させるかは、ラファエルには想像がつかない。

元々ミリエラ達と南方向で戦っていた際の疲労もあっただろうし、ひょっとしたらかなりの無理を強いてしまったかも知れない。だとしたら申し訳ない。

「…………」

ラファエルの呼びかけにも、ユアは何も言葉を発しない。

遠くのどこか一点を、目を見開いて凝視している様子だ。

「……おと……う——ちゃん——？」

そんな呟きが小さく、微かに聞こえてくる。

「ユアさん？」

ラファエルが視線の先を追ってみると——

そこには巨大過ぎる程に巨大な、虹色の姿が夜空に浮かんでいる。

雄大な虹色の巨鳥はゆったりと羽ばたきながら、このアールメンの街を遠巻きにぐるりと回るように飛行していた。

「虹の王……!?　とうとう現れたか……！」

まるで様子を窺っているか、何かを探しているかのような動きである。

円弧を描くように徐々に距離を詰めて、とうとうこちらの視認範囲にまで入って来たのだ。

その虹色の巨体から抜け落ちた羽毛が糸を引くように宙に漂い、街の周囲全体が虹色の光の輪に包まれたような、幻想的な光景を展開していた。

「き、来たぞ！　あれが虹の王だ……！」

「お、恐ろしいが、美しい光景だな……！」

「そ、それだけにな……！　正直震えが来る！」

周辺の騎士達からもどよめきの声が上がる。

虹の王が真っすぐに突撃して来なかったのは、騎士達が一拍置いて冷静さを取り戻すためには良かったかも知れない。

だが――

「う……!?　お、おいあれを見ろ――！」

「虹の王の羽から、魔石獣に……!?」

虹の王が飛んだ後に残った虹色の残滓が、次々と細切れて飛鳥型の魔石獣へと変化して行くのだ。

アールメンの街の周囲全体を取り囲んでいた幻想的な虹色の光の輪の光景は一転。

恐ろしい程に大量の魔石獣がひしめき合う、壮絶な光景が展開されようとしていた。

新たに具現化した魔石獣の軍団の数は、それまでこちらが戦ってきた集団の数を遥かに上回っているだろう。

これまでの敵にも総力戦で何とか耐えていたのに、そこに更に数で上回る援軍が現れたという事だ。

「う……⁉　な、何て数だ⁉」

「ば、馬鹿な……！　これまでの何倍だ……⁉」

「あ、あんな大量の……！　さ、支え切れるのか⁉」

騎士達の間に一気に動揺と戦慄が走る。

圧倒的な光景に士気が崩れかかっているのが見て取れる。

「……無理もない、あんな圧倒的な数を見せつけられては——しかも……！」

ラファエルの視界を横切っていく虹の王の軌跡からは、次から次へと魔石獣が生まれ続けているのである。

こうして見ている間にも、敵の数はどんどん増える。

刻一刻と際限なく、彼我の戦力差は開いていくのだ。

虹の王がこのアールメンの周囲を廻っている以上、包囲された自軍の逃げ場もない。

「ユアさん！　今君を下ろすから、すぐに身を隠すんだ！」

「どうして？　肩車超楽しいんですけど？」

「危険だからさ……！　僕は今から、あの虹の王(プリズマー)に攻撃を仕掛(しか)ける！　君は下がって、身を守っているんだ！」

どういう攻撃に出るかは検討の余地があるが――

ともかく無数に湧(わ)き出てくる魔石獣の発生を止めなければ話にならない。

包囲されたままじりじりと削(けず)られ、全滅するだけだ。

虹の王(プリズマー)本体を撃破(げきは)出来るのが最良だが――

重傷を負わせて動きを止める、あるいは注意を引き付けてこの場から遠ざける。

ともあれ攻撃を仕掛けて魔石獣のこれ以上の発生を止めねば、話にならない。

攻撃は最大の防御(ぼうぎょ)、という事だ。

「なら私も一緒に行く……」

ユアは他の騎士達と違(ちが)い、平然としていた。

いやむしろ、ラファエルよりも落ち着いているかも知れない。

「えぇっ……!?　それは助かるけれど――い、いや、やっぱり危険だ……！」

確かな実力者とはいえ、ユアはまだアカデミーの学生なのだ。

虹の王(プリズマー)への直接攻撃という危地に、連れ込(こ)むわけにはいかない。

「いいえ、そんなことを言っている場合じゃないわ……！　出来る限りの力を集めるしかないのよ！」

　ラファエルとユアの会話に割って入るのは、機甲鳥（フライギア）を駆るエリスだった。

「エリス様⁉　あちらの戦況は大丈夫なのですか⁉」

「それよりも、今は虹の王（プリズマー）を直接叩（たた）くしかないのよ！　あなたも分かっているでしょう……？　耐える戦いなんて意味がないわ、あんな尋常（じんじよう）じゃない数を生み出されてしまっては……！」

「ええ、確かにそれはそうです」

　確かにエリスの言う通りではある。こちらの戦力は有限、あちらは無限。

　この状況（じようきよう）では、一点突破でその発生源を叩くしかない。

「エリス！　ラファエル！　それからユアちゃんも――――！」

「リップル！」

「リップル様！」

「ケモ耳様……」

　そこに、同じく機甲鳥（フライギア）を駆ったリップルも姿を現す。

「エリスも来てるって事は、同じ考えだよね⁉　あんな数を出され続けたら、防ぎ切れないよ！　頭を叩かなきゃ！　ユアちゃんもごめんね、協力してくれる……⁉」

「怖いだろうけど、お願いよ――！　少しでも多くの力を、一斉にぶつけないといけないの！　ラファエルを助けると思って……！」

あの虹の王（プリズマー）は極端（きょくたん）に学習能力が高く、同種の攻撃を続けるとあっという間に耐性（たいせい）が付き、無効化するどころかそれを通り越して攻撃を吸収してしまう。

また、虹の王（プリズマー）の生命力は素の治癒（ちゆ）能力も高い。

つまり一番有効な攻撃方法は、耐性が付く前に大威力の攻撃を一斉に叩き込む――となる。要はエリスの言う事は正しい。

「分かりました。てか、もともとそのつもりだったし」

「おぉユアちゃん！　頼（より）もしー！」

「イケメンを助けるのは、正義」

「ははっ。ユアちゃんって面食いさんだね～」

「否定できない事実」

「み、皆（みな）さん……！　ふざけている場合では……」

「ふざけているわけないでしょう！　真面目も真面目、大真面目なのよ！　使えるものは全て使って、最善を尽（つ）くすのよ！　下手な遠慮（えんりょ）でそれをしないうちに私達を使おうとしても、協力なんてしないわよ！」

「そうだよ！　皆で笑ってられるように戦いたいんだよ、ボク達は！　ね、ラファエル……！　ボク達の我儘(わがまま)聞いてよ――――！」

「エリス様、リップル様……！」

「とう」

ユアがひょいとラファエルの肩車から飛び降りた。

すたんと軽く近くの屋根に飛び降りた。

そして屋根を飛び移りながら、虹の王(プリズマー)の方に向かって行く。

「話、長くなりそうだから先に行きます」

「え……!?　ゆ、ユアさん！」

ラファエルがユアに気を取られるうちに、エリスが周囲の騎士に呼びかけている。

「皆聞いて！　今から虹の王(プリズマー)に対して突撃(とつげき)を仕掛けます！　一気に仕留めて、これ以上の魔石獣の出現を抑えます！」

それに続いてリップルも声を上げる。

「あいつは同じ攻撃には、すぐに慣れちゃって効かなくなるの！　だから勝負は一点集中、一撃必殺だよ！　皆の力を合わせるの！」

「ラファエルを先頭に！　お願いよ皆、付いて来て頂戴！」

最後のエリスの呼びかけに、周囲から雄たけびが上がる。

「はい、エリス様のお言葉に従います――――！」

「やってやる！　こうなったら当たって砕けろだ！」

「元よりこの命、ラファエル様に預けている……！」

その声の一つ一つが、力強くラファエルの背中を押した。

「行きましょう、ラファエルさん――――！」

「僕も全力を尽くします――――！」

機甲鳥に乗るミリエラとシルヴァも、その場に合流してくる。

「皆さん……分かりました……！　では行きましょう！　標的は虹の王です！　雑魚は無視して突撃し、一斉攻撃をかけます！　各機甲鳥には最大限の戦力を収容！　皆僕に続いて下さいっ！」

ラファエルは全速力で飛び出して、先行するユアを拾い上げて虹の王へと向かう。

「「「おおおおおおおおおおっ！」」」

その後を地鳴りのような雄たけびが付いて来た。

反転攻勢に出たカーラリア軍は、ラファエルを先頭に後続の機甲鳥の部隊が一丸となり、空を漂う虹の王へと突撃して行く。

その様相は地上に残る別の騎士達から見れば、巨大な鳥の影が虹の王へ襲い掛かろうとしているようにも見える。

虹の王から生まれ落ちた魔石獣も、それを黙って見過ごしはしなかった。次々に群がり、襲い掛かって来る。

「うあああああぁぁぁぁぁっ⁉」

「ぐあああああああぁぁぁっ⁉」

「大丈夫かっ⁉　ぐおおぉぉおっ⁉」

「構うな！　先に行け！　虹の王を潰せッ！　ああぁぁぁっ⁉」

守勢を捨てた突撃であるため、当然被害も出る。

何機もの機甲鳥が、搭乗する騎士ごと地面に叩き落とされて行った。

「く……っ！　当然、敵も一斉にこちらに群がって来ますね……！」

「逆に他の敵を引き剥がしたとも言える――！　とにかく前だけを見るのよ！」

「エリスの言う通りだよ、ラファエル！　虹の王狙いなんだから！」

犠牲は避けられないが、魔石獣もこちらを殲滅するには至らない。

ラファエル達は虹の王の面前へと肉薄しようとしていた。

「ここまでくれば！　各員最大の攻撃を構えッ！」

ラファエルが号令を下した瞬間、虹の王の動きに変化がある。

キュアアアアァァァァァッ！

近づいてくる集団の先頭、ラファエルに向けて、虹の王が大きく口を開く。そこには虹色の輝きが渦を巻くように収束しようとしていた。

不思議と敵意や殺意のようなものは感じない。

だが、こちらに何かを放とうとしているのは明らかだ。

「！　散開ッ！　あちらの攻撃を回避後、一斉に攻撃します！」

「くッ！　みんな散って！」

「何なのあの攻撃……！　急いで逃げてッ！」

ヒイイイイィィィインッ！

虹の王の口から、渦を巻くような虹色の光線が迸る。

「くっ……！　ユアさん！　しっかり掴（つか）まって！」

「ごほうび――」

急旋回（きゅうせんかい）するラファエルの鼻先を掠（かす）める程の近くに、光が通り過ぎていく。

「速い……！　けど……っ！　このくらいで！」

「天恵武姫（ハイラル・メナス）がやられるわけには行かないからねっ！」

エリスとリップルも機甲鳥（フライギア）を急旋回させて、回避していた。

「校長先生！　すみません、荒（あら）っぽい回避運動になりましたが、大丈夫ですか⁉」

「え、ええ。私は……ですが、これは……⁉」

ミリエラが見ている先は、回避できずに虹色の光に飲（の）み込まれた者達だ。

「「うわあああああああぁぁぁぁっ！」」

悲鳴が長く轟（とどろ）いて、響（ひび）き続けていた。

つまり、声を出し続けていられたという事だ。

墜落（ついらく）する機甲鳥（フライギア）の機影（きえい）もない。

光が通り過ぎても、それは変わらなかった。

「え……⁉」

「な、何なんだ……⁉」

「何も、ない……？」

光に巻き込まれた騎士達は、不思議そうにそう言い——


ボンッ！


次の瞬間、その体が人型の魔石獣に変わっていた。

「「な——っ!?」」

ラファエルもエリスもリップルも、驚愕（きょうがく）に声を上げ硬直してしまった。

これまでの人型の魔石獣は、虹の粉薬（プリズムパウダー）と虹の王（プリズマー）の力が反応して発生していたはずだ。

つまり虹の粉薬（プリズムパウダー）さえ所持していなければ、人が魔石獣に変えられてしまうことはなかった。そう思っていた——

「馬鹿な……!?　虹の粉薬（プリズムパウダー）を持っていない人間まで……!?」

「人を魔石獣に変える光!?　こんな事まで……！」

「ま、まずいよ、こんなの撒（ま）き散らされたら、みんな……！」

「くっ……！　一度距離（きょり）を取って仕切り直して……！」

「それはダメよ、ラファエル！　ここまできたら、このまま……！」

「あ、逃げた」

ユアだけが冷静に、虹の王（プリズマー）の動きを指差していた。

ラファエル達が混乱している間に、虹の王（プリズマー）は大きく羽ばたき、ラファエル達から遠ざかった。

巨体だがその飛行速度は凄（すさ）まじい。機甲鳥（フライギア）の全速力では追いつかないかもしれない。

虹の王（プリズマー）は勢いを殺さず旋回（せんかい）してこちらを向く。

そこから一度高く飛び上がると、全体重を乗せるように急降下し――

巨大な嘴（くちばし）を、地面に直接突（つ）き立てた。


ドガアアアアアアアアアンッ！


その巨体と勢いゆえに、地面にはひび割れが走り巨大な穴が穿（うが）たれる。

轟音（ごうおん）が響き渡（わた）り、巨大な土埃（つちぼこり）が巻き上がる。

「な、何だ……!?」

「何をしているの、あの虹の王（プリズマー）は――!?」

「わ、分かんないけど……!?」

だがその疑問はすぐに晴れる事になった。

土煙に続いて、虹色の光の壁のような波動が立ち上ったのだ。

高さはアールメンの街の外壁を遥かに超え、横幅も街全体をすっぽり収めて余りある程の巨大さだ。

それだけ巨大な光の壁が、高速で地を這いラファエル達の方へ向かって来る。

「上昇！　回避を――ッ！」

「ええ！　何とか間に合うわ！」

「大丈夫だよ、みんな！　落ち着いて避けて！」

だがラファエル達の呼びかけも空しく、巨大な光の壁を避けきれない者もいた。

「「うおおおおぉぉぉぉっ!?」」


ボンッ！


そして次の瞬間、その体が人型の魔石獣に変化する。

「「――っ!?」」

先程口から吐いた、人を魔石獣に変えた光と同じだ。

それがラファエル達の眼下を通り過ぎて行った。

途中に生い茂る木や岩などは薙ぎ倒す事なく、綺麗に通り過ぎていく。

つまり、障害物は無意味。

それが街全体を覆うような膨大な範囲で、アールメンへと迫っている。

「「「あ――」」」

ラファエルもエリスもリップルも、皆の表情が凍り付く。

何が起きるかを察したからだ。

街にはまだまだ多数の騎士達が布陣し、交戦中だ。

全体の数からすれば、機甲鳥に乗って虹の王への特攻に出た兵数よりも、アールメンの街に残っている数の方が遥かに多い。

そしてその数の騎士達が、人を魔石獣に変える光の壁に飲み込まれる――

それはもう、避けようがなかった。

「ば、馬鹿な――」

「う、嘘よ……！　嘘よこんな……！」

「や、止めて！　止めてよおおぉぉぉっ！」

――――ドドドドドドドドドドドド…………！


地鳴りのような音がその場に響き始めるが、それ自体を気に留(と)める者はいない。

光の壁がアールメンの街を飲み込もうとする光景が、あまりにも圧倒的過ぎて、恐ろし過ぎて――絶望的な光景に、打ちひしがれる事しか出来なかった。

次の瞬間、光の壁が遥か高空に吹(ふ)き飛んで行くまでは。

「「「へ？」」」

それが、見たままだ。

光の壁が上方向に吹っ飛んだのだ――そこにあった地面ごと。


ズガガガガガガガガガガガガガガガガガガガッ！


一瞬遅(いっしゅんおく)れてやってくる音。そして爆風(ばくふう)。

煽(あお)られて機甲鳥(フライギア)の機体が大きく揺(ゆ)れた。

アールメンの街手前の地面が、一斉(いっせい)に何かに抉(えぐ)られて噴(ふ)き上がったのだ。

地表を這っていた虹色の光の壁(かべ)も、それには抗(あらが)えず巻き込まれて吹っ飛ばされた。

そのままラファエル達の高度よりも遥か頭上で、弾けて消えて行く。

「なんて衝撃だ――！　そ、逸れたのか……!?」

「凄い揺れ……！　な、何が起こったの……!?」

「わ、分かんない……！　でも、街へは直撃しなかったみたいだよ――！」

ラファエル達が、光が消滅した上空やアールメンの街の様子に気を取られていると――

「あっち」

ユアが指差した方向に、皆が振り向く前に――

ドゴオオオオオオオオオォォォォンッ！

異様な打撃音が耳を劈く。

「「「！」」」

キュオオオオオオォォォォォッ!?

巨鳥の虹の王が悲鳴のようなものを上げながら、遠くに弾き飛ばされていた。その巨体が地面に二度、三度と跳ね上がり、異様な大きさの轍を残して行く。

「な――⁉」

「虹の王が⁉」

「吹っ飛んでった……⁉」

そして、元々虹の王がいた位置のすぐ目の前には――

「あ、おっぱいちゃんだ」

絶世の、と称しても何ら問題ない程の美少女が、風に髪を揺らしていた。

身の丈を超える程の、巨大な剣を振り下ろした姿勢で。

「……クリス!?」

「あの子――間に合ってくれたのね……！」

「イングリスちゃん……！　ナイス、ナイスだよ！」

「よ、良かったあ……今の攻撃、街に到達(とうたつ)していれば味方は全滅(ぜんめつ)でしたよぉ」

「これ程心強い援軍はいませんね……！　イングリス君には、虹の王(プリズマー)を撃破した実績があるのだから！」

皆が注目する中、イングリスは目を見開き、そしてキラキラと輝かせていた。

「すごい……流石(さすが)、完全体の虹の王(プリズマー)……！」

今こちらの攻撃で、虹の王(プリズマー)は後方に吹き飛んで行った。

――逆に言うと、吹き飛んだだけだった。

こちらは霊素殻(エーテルシエル)を発動した状態で、竜鱗(りゅうりん)の剣で斬(き)りつけたのにもかかわらず、だ。

霊素殻(エーテルシエル)を発動する事で刀身に霊素(エーテル)が浸透(しんとう)し、単なる物理的攻撃ではなくなり、魔石獣(ませきじゅう)にも通用する攻撃となる。

霊素(エーテル)に剣自体の強度、切れ味と合わさった威力は、以前イングリスが撃破した獣人種の虹(プリズマー)の王の幼生体ならば一刀両断していただろう。

神竜(しんりゅう)フフェイルベインですら、その超強度(ちょうきょうど)の鱗(うろこ)を斬り裂(さ)かれ、無事では済まなかったはずだ。

つまり、最低でもフフェイルベインを超える身体的強度があの虹(プリズマー)の王にはある。それは明らかな事実だ。

流石は幼いころから目標としていた、最大最強のこの世界の脅威(きょうい)——

しかも黒仮面やフフェイルベイン、それから彼(かれ)を取り込んで機神竜になったイーベルのように、戦いを避けたりする発想を持たない、完全なる敵対者だ。

イングリス・ユークスとして、これまで修練に修練を重ねてきた集大成を試(ため)す時。

別の言い方をすれば、試させてくれる相手が目の前にいる！

見たところラファエルはまだ無事、アールメンの街を襲(おそ)おうとしていた危険な攻撃も防ぎ、大きな被害はまだ出ていない。

つまり、概(おおむ)ね間に合ったと言っていいだろう。

ここからは——念願の虹(プリズマー)の王との手合わせの時間だ。

「それでこそです。初めてアールメンでお会いして以来、動いているあなたと手合わせできる日を楽しみにしていましたよ？　うふふふふ……」

イングリスは満面の笑み（え）を、遠くに吹き飛んで行った虹の王（プリズマー）に向けた。

そこに、一機の機甲鳥（フライギア）が地上のイングリスに向かって行く。

ラフィニアの操縦する星のお姫様（スター・プリンセス）号だ。

「クリス～～！　大丈夫（だいじょうぶ）!?」

「うんラニ、多分ギリギリ大丈夫だよ。ほら、ラファ兄様達もいるよ、元気そう」

イングリスは空にいるラファエル達の方を指差す。

「うん、良かった――！」

「そうだね、寄り道してたせいで間に合わなかったら、大変だったよ。これなら、ふふふ――ここからは、好きにやらせて貰おうかな……！」

「ま、まあ今回ばかりは許可するけど、その前にやる事があるでしょ！　行くわよ、乗って！」

「うん、そうだね。邪魔（じゃま）が入らないようにしなきゃね」

「言い方！　みんなを避難（ひなん）させるのよ！」

イングリスが星のお姫様（スター・プリンセス）号に飛び乗ったところで――

「ラニ！　クリス！」

ラファエルの方から、こちらに降りて来ていた。

「あ……！　ラファ兄様ッ！」

ラフィニアは一目散にラファエルに飛びついていた。

代わりに肩車中のユアが振り落とされていたが、それはイングリスが受け止めて星の姫様号へ。

「わ……っ⁉　ラニ……⁉」

「良かった。また会えた……！　良かった――！」

「……ごめんよ、ラニ。心配かけたね……」

「ぐすっ……！　ホントよ！　すっごくすっごくすっごーく心配したんだから！　ごはんも喉を通らないくらい！」

気丈に振舞ってはいても、いざラファエルを目の前にすると少々気が緩んでしまうのは仕方ないだろう。

純粋で情け深く、そしてまだまだ未成熟な少女なのがラフィニアだ。

そしてそういう所は、イングリスにとっては可愛らしくて仕方がない。

これを甘えや油断でもぬか喜びでもなく、微笑ましいで済ませるために自分がいる。

まあ、ただ一つ言うとすれば、ごはんが喉を通らないというのは話を盛り過ぎだが。

「イングリスちゃん！　待ってたよ！」

「さっきの虹の王の攻撃をいなしてくれたのもあなたね……！　よくやってくれたわ！」

「うんうん！　どうやったのあれ？」

エリスとリップルは、イングリスの元へとやって来る。

「いえ、大した事はしていません。あの光の壁の攻撃はかなり危険に見えましたが、幸い地面を這って進んでいましたので――地面の方を斬り飛ばして方向を逸らしました」

と、竜鱗の剣をぽんと叩く。

霊素の力をぶつけて相殺するよりも、物理的に地面を斬って逸らす方が力の消耗も少なく対応も素早く出来た。

やった事は霊素殻を発動しながら竜鱗の剣の刀身を地面に突き刺し、光の壁に沿って走り抜けただけである。

そしてそのまま、虹の王に斬りかかったところ、斬れずに吹き飛んでその強度に感動したというのが今の状況だ。

「なるほど――ね。まあ大した事はしていると思うけれど……」

「だねえ……あの一瞬であんなに地面削れちゃってるし――」

エリスもリップルも、地面に現れた膨大な破壊痕を呆れるように見ている。

街の横幅以上もある空堀が突然出現したかのようだ。

「それよりもお二人とも、遅れてすみません。お待たせしました」

イングリスはたおやかな笑顔で、二人にぺこりと一礼をした。

「そしてありがとうございます、とても良い獲物を残しておいて頂いて。ふふふっ」

「……ははは。うわー、可愛い笑顔だね～……」

「ま、まあこの際、余計なお小言を言うつもりはないわ……それよりその恰好は？」

「あ、はい。あくまで今回の事態における臨時的な措置ですが、国王陛下よりわたしとラニの二人で近衛騎士団長を拝命しました。この装束はその証です。このカーラリアの文化、伝統からしてそれが相応しいとの事で――まあ、首席はラニですのでわたしは補佐ですが」

「『ええっ……!?　近衛騎士団長!?』」

「はい。そして王命により、虹の王を撃退するように、と」

「ほら、ラファ兄様も見て！」

ラフィニアは星のお姫様号に飛び移るとイングリスに並び、皆に外套の紋章が見えるように、背を向けた。

「そ、その紋章は確かに……！　国王陛下のご命令がなければ与えられないものだ」

「そ、そうだね。イングリスちゃんの好き放題にやらせろって事かな……？」

「ええ。決して見る目の無い人じゃない……私達と同じ事を考えているのかも」

「と、いう事で王命は絶対ですので——差し出がましくて申し訳ありませんが、この場の皆さんにわたし達の秘策をお伝えして動いて貰ってても構いませんか？」

イングリスはぴっと指を立て、柔らかに微笑んだ。

「秘策？　クリス、ラニ。何をするつもりだい？　協力してくれるのは有り難いけれど、二人が命がけの無茶なんてする必要は——そんな事をさせるくらいなら僕が……っ!?」

そう言うラファエルの口を、エリスとリップルが手で塞いだ。

「まーまーラファエル。王命は絶対だから、ね？」

「ええ。のんびりしている時間はないし、ここは従いましょう……！」

「ありがとうございます。では！」

エリスとリップルが頷くのを見て、イングリスは一度高く機甲鳥の高度を取った。

そして、凛とした大きな声で呼びかける。

「虹の王を討つために集いし、勇敢なる騎士達よ——！　聞いて下さい、わたし達はレダス・エイレン前近衛騎士団長よりその任を受け継ぎ、王命により虹の王を撃退すべくこの場に馳せ参じました！　王命は全てに優先しますので、僭越ながらわたし達の作戦に従って頂くようお願いします！」

　イングリスは先程と同じように、外套の紋章を騎士達に見せつつ呼びかける。

「近衛騎士団長⁉　国王陛下の信頼厚いレダス殿に代わってか……⁉」

「だ、だがあの紋章は本物だぞ！　それにあの衣装はエリス様やリップル様と同じ――ひょっとして、新たなる天恵武姫……⁉」

「そうかも知れん――！　あの美しさに、虹の王を吹き飛ばして、我々を守って下さった力は凄まじかった……！」

「おお！　さすが国王陛下は、こんな事もあろうかと新たなる天恵武姫を遣わせて下さったのか！」

　聖騎士団の騎士達は普段からエリスやリップルをよく見ているためか、イングリスの事を天恵武姫と誤認してすんなりと受け入れてくれそうである。

　これもエリスとリップルへの信頼が成せる業だろうか。

　もしかしたら、カーリアス国王がこの衣装を用意させたのは、単に象徴的意味だけではなく、こういった効果も計算していたのかも知れない。

　ともあれ一刻を争うこの状況下では、下手に反発されるよりは余程いい。

「申し遅れました、わたしはイングリス・ユークスと申します、近衛騎士団長次席を務めさせて頂きます。首席はこちらの──」

「ラフィニア・ビルフォードです！　あたし達が突然割り込んで、生意気な事をしてごめんなさい！　だけど、出来るだけ多くの人達が無事に帰るためなんです！　どうか聞いて下さい！」

イングリスとラフィニアは、一度揃って深々とお辞儀をした。

「ラフィニア・ビルフォード……!?」

「おお、ではラファエル様の──」

「妹君か！　なるほど、お顔立ちもよく似ていらっしゃる……！」

そしてラファエルの妹であるラフィニアは、彼らにとって更に受け入れやすい存在である。ラファエルの普段の働きの成果が、ここに現れていた。

そして更に──

「皆！　この娘達が言うように王命は絶対よ！　話を聞いてあげて……！」

「ボク達からもお願い！」

エリスとリップルが側にやって来て、口添えをしてくれる。

すると騎士達の反応は──

「「「承知しました！　ラフィニア殿！　イングリス殿！　ご指示を！」」」

イングリスは大きく頷き、後を続ける。

「それでは！　不肖ながらこのわたしから、近衛騎士団長首席のご指示をお伝え致します……！　全軍は直ちにアールメンの街の地下坑道に退避！　退避の殿は聖騎士団を主とした機甲鳥隊が当たれ！　退避後は坑道内にて侵入してくる魔石獣があればこれを撃退せよ！」

つまり、逃げろ。籠れ。敵が追ってきたら倒せ――である。

この戦域には虹の王以外にもまだまだ無数の魔石獣が展開している。全軍を地下坑道に退避させるにしても、魔石獣達は容赦なく襲って来る。

その退避時に大きな被害が出ないよう、この声が届く所にいる聖騎士団の面々には協力して貰いたい。

「つ、つまり逃げよと仰られるのか⁉」

「我々ではお役には立てぬと……⁉」

「し、しかしあの強大な攻撃の前には、我々が魔石獣と化されてしまえばむしろ足を引っ張るのも道理……だが――」

俯き唇を噛む騎士達。

「そうではありませんよ？」

イングリスは穏やかに微笑みかける。

そう。違う。役に立つ立たない、足を引っ張る引っ張らないではない。

単にイングリス自身が虹の王と一対一で戦って倒したいので、手を出さないで欲しい。

それだけだ。

それだけであるが、それを素直に説明する必要もないのが世の中である。

「しかし、イングリス殿……！　全軍が退避してしまえば、虹の王は如何致します――!?」

騎士の一人から飛んだ質問に、イングリスは一つ頷く。

「はい、では続きを。イングリス・ユークスは虹の王に突貫！　対象の広域破壊的攻撃を封じよ！　然る後、全軍を以って総攻撃を敢行する予定である！　以上になります」

「おお！　つまり、あの広域の攻撃を封じる手がおありになると……！」

「それまで、力を温存せよとの事でしたか……！」

「なるほど、攻め時まで消耗を避けるのは道理……！」

騎士達が手を打ってイングリスの言葉に頷く。

まあ、嘘は言っていない。

あの虹の王の攻撃を封じる方法はある。

――倒せばいい。そうすれば二度とあの攻撃は撃てない。

　そしてそうなれば、総攻撃は行わずに済むが、予定は未定なので問題はない。

　納得して働いて貰うための理由付けは大切である。

　こちらとしても、味方には避難しておいて貰った方が、気兼ねなく戦える。

　流石に味方が大量に巻き添えになって倒れていくような状況では、楽しんでもいられない。誰の邪魔も入らない状況で、一対一。それが一番、戦いに集中できる。

「ここにおられる精鋭の皆様は街に残られている部隊へ呼びかけ、退避を助けてあげて下さい！」

　言って、イングリスはラフィニアに耳打ちする。

「ラニ――」

「え？　何？」

「最後に騎士団長首席からも一言。みんなが元気が出るようにね？」

「わ、分かったわ……！」

　ラフィニアは一度大きく深呼吸した後、皆に呼びかける。

「あたしは治癒の力の奇蹟が使えます！　負傷者はあたしの所へ来て下さい！　それから、虹の王も、あんなに沢山の魔石獣も、とても恐ろしいけれど、あたし達の後ろに代わりはいません！　守りたい人を守って、その人の所に帰りましょう――みんなで！」

今このアールメンに集まった軍勢以上の戦力は、この国にはない。

ここを抜かれてしまえば終わり。不退転。ラフィニアが言うのはそういう事だ。

「「おおおおおおぉぉおっ！」」

ぐっと拳を握ったラフィニアの言葉に、騎士達から雄たけびが上がった。

「おお――いいね。さすがラニだね？」

「そ、そお？　そんなに大した事は言ってないと思うけど……？」

ラフィニアは少々吃驚している様子である。

「誰が言ったかって大事だから、ね？」

ラフィニアの真っすぐで純粋な言葉は、それが裏表のない本心からであるからこそ、人の心に響く。

これをイングリスが言った所で、ラフィニアと同じ説得力は持たない。

本音を言うと、虹の王との戦いに喜びを感じる自分がいるからだ。

同じように、ラファエルやエリスやリップルにも。

虹の王を前にした聖騎士と天恵武姫は、どうしても悲壮な決意や覚悟から逃れられないだろう。

そう言ったものは言葉の響きに現れるし、何より言葉の選び方に現れる。

彼等はラフィニアと同じ言葉の選び方をしないだろう。イングリスでもそうだ。

「む、無責任な事言ってない――よね……？」

「大丈夫だよ。ラニの言った事は、わたしが現実にするから」

イングリスはラフィニアの頭をぽんと撫で、騎士達に呼びかける。

「では、すぐさま行動を！　散開ッ！」

「「ははっ！」」

騎士達は進路を変更し、街の防壁の内側へと戻って行く。

「校長先生！　シルヴァ先輩も！　皆さんと一緒に退避の殿をお願いします！」

イングリスが呼びかけると、二人とも頷いてくれる。

「わ、分かりました！」

「必要であればすぐ呼んでくれ！」

ミリエラとシルヴァは納得してくれたようだ。

「では、わたしも作戦通り虹の王に突貫しま――！」

「ちょ、ちょっと待ちなさい！」

「そうだよ、イングリスちゃん！」

勢いで飛び出したかったが、エリスとリップルに腕を掴まれた。

「どうかしましたか？」

「どうもこうも！　作戦の半分は賛成するけど……！」

「そうだね。さっきの攻撃をまともに受けたら、部隊が一気に全滅——いや、それどころか魔石獣が増えちゃうから、全軍を避難させるのは決して間違いじゃないけど……」

「だが流石に、君一人を虹の王と戦わせるなんて、危険過ぎる！　せめて僕達も一緒に！」

　ラファエルも、イングリスの目の前に回り込んで制止して来る。

「そうよ！　私達はあなたの力を頼りにはしたけど、捨て駒にするつもりはないわ！」

「呼んだ責任は、取らせて貰うからね！」

　イングリスは静かに首を振る。

「いえ、ラファ兄様、エリスさん、リップルさん。聖騎士と天恵武姫は地上の人々の最後の希望——真の力を発揮しないまま虹の王と戦って、いざという時の切り札をなくす危険は、避けるべきでしょう？　あの虹の王の攻撃をまともに受けては、天恵武姫といえども、無事に済むとは思えませんが？」

「そ、それは……」

「そうだけど……」

「かと言って、真の力を発揮して共闘して頂いても困ります。わたしは単に虹の王と戦いたいだけでなく、それを避けるためにここにいます。ラファ兄様の命を失わせないというのは、ラニの願いでもありますから。無論、わたしもです」

「クリス……⁉　君は何もかも知って――」

「すみません、ラニには事情を話しました。行動方針を決める上で、正確な情報は必要でしたので」

「兄様……ごめんなさい、あたし何も知らないでいて」

ラフィニアは泣き出しそうな声で俯く。

「いや、いいんだよ、ラニ。それは僕の望みでもあったから……ね」

「だけど、王命は絶対です！　今はクリスの言う通りにして！　あたしはクリスを信じてる！　クリスがやるって言ったらやれるのよ！　ラファ兄様達も退避の後詰に回ってくれれば、その分味方の被害も凄く減るわ！　それがきっと一番いい――！」

「ラニ……！」

「わたしの言える事ではないですが――ラファ兄様もユミルのお城が襲われた時には、母上の制止を聞かずに無茶をする人ですから……その方がわたしも安心です」

「クリス……そんな昔の事、よく覚えているね？」

そういえば、その時自分はまだ０歳児の赤ん坊だったたか。

「え、ええ。後で母上達にお話を伺(うかが)いましたので……！　ともかく、ここはわたしに任せて後詰に回って頂けると、嬉(うれ)しいです」

「分かった、クリス……だけど、もし君が危なくなったら――見ていられる自信はない。僕のために君が傷つくなんて、僕にはきっと耐(た)えられないから」

「ありがとうございます、ラファ兄様。ですがご心配なく。そうなるつもりは……」


キュオオオオオオォォォォォォ――――！


吹き飛んで行った虹の王(プリズマー)が、再び姿を現した。

心なしかその鳴き声には、若干(じゃっかん)の怒り(いか)のようなものも含(ふく)まれているように感じる。

「来ましたね――！　では、正々堂々一対一で、お相手致します！」

イングリスは宙返りを交えつつ星のお姫様号(スター・プリンセス)から飛び降り、虹の王(プリズマー)に向けて走り出す。

その背中に、エリスから声が飛んだ。

「あの虹の王(プリズマー)は虹の王(プリズマー)の中でも特別よ！　極端(きょくたん)に学習能力が高くて、同じ攻撃(こうげき)を続けるとあっという間に効かなくなるどころか、攻撃を吸収して力にし始めるわ！　それを考えて戦って！」

「分かりました、ご忠告ありがとうございます！」

イングリスはエリスに振り向いて、可愛らしい笑みで応じる。

そのまま笑顔で走って来るイングリスに、虹の王は明確に警戒心を露にした視線を向けた。

キュオオアァァッ！

虹の王がそう声を発すると、虹色の光が周辺に立ち込め、壁を形成していった。

広く、高く。まるで虹の王とイングリスだけを隔離する光の檻だ。

「逃がさない――という事ですか。こちらとしても望むところです」

こちらだけに集中してくれるならば、あえて遠くに弾き飛ばす必要もない。

味方からのいらぬ手出しもないし、味方を巻き込む攻撃を心配することもない。

ならば有難く、純粋な手合わせに集中させて貰う。

「――霊素穿！」

イングリスは虹の王ではなく光の檻に向け、霊素穿を放つ。

壁面に当たった霊素穿は音もなく反射し、地面を撃って消えた。

一方の光の檻の方には、何の影響もない。
かなり強固。
小技とはいえ霊素の戦技を弾いて揺るぎもしない。
一方、単に攻撃を弾くだけで、攻撃性のようなものはない。
つまり、足場には利用出来る——といった所か。
「では——！」
イングリスは背負っていた竜鱗の剣を体の横に構えつつ、虹の王へと突進する。
虹の王はそれを迎え撃つべく身構え——
た瞬間、イングリスは霊素殻を発動。地を蹴って跳躍していた。
右方向に、一気に虹の王の視界の外へ。
強く速く跳んだ分、壁にぶつかりそうになるが、むしろ好都合。
これが足場に出来るのは先程確認済みだ。
身を翻して壁を蹴って上方向へ。
弾丸のような勢いで、丁度虹の王の頭上の壁際に到達。
虹の王はまだ、イングリスが最初に飛んだ右方向を見ている。
壁の反射を使える事もあり、こちらの動きは相手の反応速度を一歩上回っていた。

——今回は、先手を打たせて貰う！

イングリスはさらに壁を蹴り、眼下の虹の王へと飛び込んで行く。

竜鱗の剣を振り上げつつ、霊素殻を解除。

これは攻撃の瞬間に解除し、刀身に浸透する霊素に対して耐性が付くのを避けるためだ。

高速戦闘に合わせてこれだけ発動解除を細かく切り替えられるようになったのも、これまでの成長の証である。

さらに同時に、霊素を魔素に落とし込む。

「氷ッ！」

ピキイィン！

竜鱗の剣の刀身を、蒼く冷たい氷が覆った。

イングリスがよく使っている氷の剣の魔術の応用だ。

というよりも、刀身に纏わせるだけなら剣の形を固定して形成する必要がないため、こちらの方がより簡単である。

「はあぁぁっ！」

飛び込みざまに虹の王の首元を斬りつける。

ガッ！


硬い手触り。剣が弾かれたような感覚だ。

虹の王の表皮に残った傷跡は、引っ掻き傷程度だ。

だがこの攻撃は、それで構わない。初撃の傷の深さは問題ではない。

着地したイングリスは即座に刃を返し、引っ掻き傷のあたりを狙って斬り上げる。

また虹の王の表皮に刻まれた引っ掻き傷は、最初の半分程度だった。


キュオオォッ！


そこでイングリスの動きに反応した虹の王が、槍のように鋭い嘴を突き下ろして来る。

だがイングリスは霊素殻を発動しつつ、剣を振り上げた勢いを殺さず、身を捻りつつ飛び上がる。

虹の王の嘴は狙いを外して、地面に突き刺さった。

その時、既（すで）にイングリスは身を回転しつつ剣を叩（たた）き下ろす体勢を整えている。

再び霊素殻（エーテルシエル）を解除。

低くなった虹の王（プリズマー）の首元を、氷に包まれた竜鱗の剣が捉（とら）える。

――今度は全く傷がつかない。

エリスの言う通り、同じ攻撃でも加速度的に効き目が弱くなっている様子だ。

更に返す刀で横薙（よこな）ぎ。

今度は傷がつかないどころか、一撃（いちげき）目二撃目の僅（わず）かな傷跡が完全に消失した。

「なるほど……！」

二撃目で半減、三撃目で無効化、四撃目で威力（いりょく）を吸収してしまった。

確かに、極（きわ）めて高い学習能力だ。

「ですが――まだです……っ！」

相手の強みを受け止めて、それを上回って勝つのがイングリス・ユークスの戦い方だ。

この虹の王（プリズマー）の強み――極度の学習能力をもっと見せて貰う。

そのために、今回は先手を打って攻撃に出たのだ。

「炎（ほのお）っ！」

ボウゥウゥッ！

今度は竜鱗の剣の刀身が炎に包まれる。

単体で炎の剣を生み出すような魔素(マナ)の制御(せいぎょ)はまだ身に付けていないが、このように、元々ある実体に炎を纏わせるだけなら可能だ。

このまま、出来る限りの多種類の属性を試す。

耐性は付くだろうが、その後最初の氷に戻すつもりだ。

耐性が付く数に限りがあり、また通じるよう戻ってはいないか？　という事である。

他にも、時間が経(た)てば耐性が戻って失われるかも確かめたい。

そうして時間を稼(かせ)いでいるうちに、他の味方の地下坑道への避難も進み、より安全になるだろう。

「これはどうです――!?」

虹の王(プリズマー)の攻撃を掻い潜(くぐ)りつつ、イングリスは炎を纏った剣を叩き込んで行く。

光の檻を足場に、多角的に飛び回りながら動ける事が幸いした。

虹の王(プリズマー)はイングリスを鬱陶(うっとう)しがり、叩き落とそうとしているが、明らかに捉え切れていなかった。

その様相は騎士達(きしたち)を勇気づけ、士気を奮い立たせる。

「な、何だあの動きは⁉　は、速い……⁉　速過ぎるぞ――⁉」

「あ、あれがイングリス殿……⁉　まるで動きが見えん！」

見えない程(ほど)の速度で動き回る何かが、執拗(しつよう)に虹の王(プリズマー)に纏わり付いているようにしか見えないのである。

「いいぞ！　あいつは狼狽(うろた)えている……！」

「これならやれるかも知れん！　よし、俺達(おれたち)も耐えて踏(ふ)ん張るぞ――！」

だが、そんな状況に焦(じ)れたのか――

ルゥオオオオオオォッ！

虹の王(プリズマー)がそれまでより一段高い鳴き声を上げる。

同時に大きく強く翼(つばさ)を広げると、凄(すさ)まじい暴風が巻き起こる。

「――ッ！」

咄嗟(とっさ)に剣(けん)を体の前に構え、盾(たて)にしつつ軽く跳躍。

暴風に無理に抗(あらが)うのではなく、それを利用して距離(きょり)を取った。

重い竜鱗の剣を持っていても、イングリスの体は大きく後方へ運ばれる。

それだけ勢いが強烈だという事だ。

だがそれも、虹の王が本来意図したであろう行動の、副産物でしかなかった。

暴風が巻き起こした土煙で一瞬視界が塞がれた直後、前が妙に明るい。

今は夜なのに、真昼のようだ。

完全に視界が戻ると、その正体は一目瞭然だった。

「おぉ……!?」

虹の王の体から無数の虹色の羽が舞い散り、空中に漂っているのだ。

本体より強く光り輝き、その数は百や二百では利かない。

千、いや数千——虹色の羽が舞い踊る光景は、単に見る分には非常に美しい。

幻想的だとすら言えるだろう。だが——

「単に女性を喜ばせるため、ではないですよね？　どうせなら力でもてなして下さい！」

その返答代わりと言わんばかりに、虹色の羽が動きを変える。

尾を引くような跡を残しつつ、一斉にイングリスに向かって降り注ぎ始めるのだ。

捉えられないなら、逃げ場のない程の密度の攻撃で制圧し、捻じ伏せる。

その意図が如実に感じられる、圧倒的な密度の攻撃である。

「いい攻撃です――！　ならば――！」

イングリスは霊素殻を発動し、剣を構える。

本体に当てるのではなく、攻撃を捌くためだけであれば、霊素を使っても問題ない。

イングリスの手を伝って、竜鱗の剣の刀身に霊素が浸透。

それをそのまま、眼前に迫る虹色の羽を薙ぎ払う。


バシュウゥウンッ！


音を立て、いくつもの虹色の羽が消え失せる。

だが、今の一太刀でせいぜい七つ八つ程度。

全体の数からすれば焼け石に水だ。しかも、圧倒的な数がすぐ迫っている。

「はあぁぁぁ――っ！」

イングリスは高速で剣を繰り出し続け、体に触れそうな虹色の羽を次々薙ぎ払う。

密度対剣速のせめぎ合いだ。


ゴゴゴゴゴゴゴゴゴゥッ！

全方位から密集してくる虹色の羽に対し、高速で唸りを上げる剣閃が、見えない壁を作っている。

だが、流石虹の王の攻撃は、これだけでは完全に防げなかった。

ごくわずかの虹色の羽は剣閃の壁をすり抜けて、イングリスに触れて来るのだ。

「っ……！」

太腿のあたりに、軽い痛み。

ちらりと視線をやると、肌が裂けて血が滲んでいる。

これだけなら大した傷ではないが――

霊素殻を身に纏ったイングリスの防御を貫いて来た。

霊素の波動に包まれたイングリスの体は、分厚い鎧や下手な竜の鱗よりも頑強だというのに。

「ふふふ――もしまともに全部直撃したら、命はありませんね……！」

だが、それがいい。

そういった危険な戦いこそ、最も血沸き肉躍る。

イングリスを更なる高みに引き上げてくれる。

こうしている間にも、更に剣の結界をすり抜けて来る虹色の羽は増える。

右腕(みぎうで)も浅く傷つき、下腹部や腰(こし)のあたりの服が裂け、胸元(むなもと)も少々開いた。

じりじりとこちらが押(お)されているのは、疑いようがない。

「ならば……！　竜理力(ドラゴン・ロア)っ！」

更なる力を注(そそ)ぎ込む！

そしてイングリスの傍(そば)に出現したのは――

いつものような白い半透明(はんとうめい)の竜の尾ではなかった。

白く半透明なのは同じだが、竜鱗の剣とそれを握るイングリスの両手を象(かたど)っている。

「よし――！」

竜の尾の形をしていないのは、それだけ力がイングリスに馴染(なじ)んで来たからだ。

竜理力(ドラゴン・ロア)の扱(あつか)いが成長した証である。

ここに来る前、ロシュフォールと戦えたのが特に大きかったかも知れない。

あそこで竜理力(ドラゴン・ロア)を使った大技(おおわざ)を使った事で、何かコツを掴(つか)めた気がするのだ。

アールメンへと向かう星のお姫様号(スター・プリンセス)の機上でも練習していた所、竜の尾ではなく自分の体の一部を竜理力(ドラゴン・ロア)で出す事が出来た。

そして自分の腕を象ったそれは――

本当の自分の腕と同じような速度、精度で動かす事が出来る。

「この衣装も気に入っていますので――！」

これ以上傷つけさせるわけには行かない。

持ち帰って時々引っ張り出して着て、鏡の前で楽しむのだ。

竜理力(ドラゴン・ロア)で生み出した剣と腕も、虹色の羽を斬(き)り払い始める。

こちらの手数が増えた事により、剣閃の壁をすり抜けてくる虹色の羽がなくなる。

攻撃を完全に封鎖(ふうさ)し、羽の数だけを一方的に減らしていく。

だがそれを虹の王(プリズマー)も感じたのか、別の動きを見せる。

ルゥオオオオオオオォォッ！

地を蹴って光の檻の天井(てんじょう)付近に飛び上がると、その体全体を虹色の光が覆(おお)う。

まるで巨大(きょだい)な光弾(こうだん)である。

足止めしているこちらに突撃(とつげき)して、一気に潰(つぶ)すつもりだろう。

虹の王(プリズマー)がこちらの息の根を止めようと繰り出して来る大技だ。

その破壊力(はかいりょく)は想像を絶する。まともに食(く)らうわけには行かない。

巨大な光弾と化した虹の王が、イングリスに向かって急降下を始める。

「速い……！」

その巨体からは信じられない程の速度。

――が、イングリスの目に留まらない程ではない。

降り注ぐ虹色の羽の隙間を縫いつつ、あれを躱してやり過ごす。

光の檻の足場は、こちらの動きを多角的にさせてくれる。

それを駆使すれば、決して不可能ではない。

「ギリギリまで引き付けて――！」

だがそのイングリスの目論見は、次の瞬間崩れ去っていた。

光の檻が、小さくなったからだ。

急激に収縮し、イングリスが動き回ることのできる広さを奪ってしまった。

そこにあの巨大な虹の王を包み込む光弾。

物理的に身を躱す場所がない！

「ふふふ……素晴らしいですよ……！　流石です――！」

逃げ道を塞がれてしまった。

これは回避出来ない。防ぐ事も出来ない。

確実にこちらは、追い詰められている。
もはや打つべき手は一つ。
叩き落とすしかない。やられる前にやるのだ。
この虹の王の力の底は、イングリスにはまだ見えていない。
相手の強みを受け止めて――の受け止める部分が、未達成だ。
それなのに、勝負手に出なければこちらがやられる。
これはそういう状況だ。
流石は完全体の虹の王。
結果の見えない、完全なる果たし合い。
やってみなくては、分からない。
だが、それがいい！
逃げるのも時間稼ぎも止めだ！　叩き潰す！
「ならば、こちらも！」

カッ――！

竜鱗の刀身が、激しく輝き始める。

霊素(エーテル)を全力で注ぎ込むのだ。

この剣には、イングリスの全力を受け止めるに足る器がある。

青白い光はどんどん輝度(きど)を増し、見る見る膨(ふく)れ上がって行く。

それは、虹の王(プリズマー)を覆う輝きに勝るとも劣(おと)らない。

「まだ――もう一歩っ！」

伍(ご)するのではない。飲(の)み込め――――！

更に霊素(エーテル)を絞(しぼ)り出すと、刀身はもう一段激しく強く、輝きを増す。

「行けえええええっ！」

大きく一歩踏み込みつつ、全力で刀身を振(ふ)り下ろす。

同時に剣に収束させた霊素(エーテル)を開放。

剣の軌道(きどう)の形をした霊素(エーテル)の塊(かたまり)――

それが行く手を塞ぐ虹色の羽を蹴散(けち)らし、虹の王(プリズマー)へと疾走(しっそう)する。

バシュウウウウウウゥゥッ！

霊素の剣閃と虹の王の体が正面衝突。
空中でお互いの威力と勢いが押し合い、激しく光と音とを撒き散らす。
——拮抗。ならばこれは、好機！
すかさず地を蹴り、前方に突進。
おあつらえ向きに、虹色の羽も吹き飛び、目の前は開けている。
イングリスを阻むものは、何もない！
一瞬で霊素と虹の王の衝突点に滑り込むイングリス。
イングリスの竜理力自体の飛距離は長くないが、もう十分に届く範囲だ。
竜理力も可能な限り集中済み。
「……！」
輝きの中の虹の王がこちらの動きを察知した様子で、視線を向けてくるが——
「もう遅い！　はあああああぁぁぁっ！」
——霊竜理十字！
横薙ぎの剣とそれを握る腕を模した竜理力が、力の衝突点に飛び込んで行く——！
ドグウウウウウウウウウウウゥゥゥゥゥンッ！

巨大な爆発(ばくはつ)、閃光(せんこう)――！

夜空に一瞬太陽が現れたかのような、圧倒的な輝きだ。

後発の竜理力(ドラゴン・ロア)によって起爆(きばく)された霊素(エーテル)の剣閃は、

その破壊力を数倍にも跳(は)ね上げ、虹の王(プリズマー)を飲み込んだ。

キュオオオオオオオォッ――！

虹の王(プリズマー)の悲鳴のようなものが同時に尾を引いている。

余りに強烈な爆発の衝撃(しょうげき)は、イングリスの身体も遠くに弾き飛ばしていた。

霊竜理十字(エーテル・クロスロア)は光の檻も破壊(はかい)していたため、壁に受け止めて貰(もら)えずかなりの距離が出て――

結果的にそのおかげで、空中で体勢を立て直す余裕(よゆう)が出来た。

地を滑り土煙を上げながら、イングリスは着地をする。

「――少し間合いが近かったですか……！」

おかげで衝撃波(しょうげきは)を被(かぶ)ってしまった。

少し破れていた衣装（いしょう）の損傷がまた進んだ。これは由々（ゆゆ）しき事である。

竜理力（ドラゴン・ロア）が馴染んで、自分の体を象れるようになったはいいが、フフェイルベインの尾を模していた時の方が、間合いとしては遠くまで届いていた。

より威力は向上したと思うが、間合いの取り方は工夫（くふう）の余地がありそうだ。

技術は日進月歩である。また突き詰めていこう。

「次のあなたとの戦いでは……」

イングリスは虹の王（プリズマー）にそう呼びかけようとし、途中（とちゅう）で止めた。

「失礼。その様子ではもう、無理そうですね――」

虹の王（プリズマー）は胴体（どうたい）の半分より上が完全に吹き飛び、下半身のみになっていた。それが地面にどさりと落ちて転がり、動かない。

少々惜（お）しい気はするが、こればかりは仕方ないだろう。

天上人（ハイランダー）ならともかく、地上の人間を魔石獣（ませきじゅう）化するような攻撃を広域に撒き散らすほどに進化した虹の王（プリズマー）だ。

他の完全体の虹の王（プリズマー）を知っているわけではないが、恐らく虹の王（プリズマー）の中でも頂点に近いくらいの実力の持ち主だっただろう。

地上の人間を魔石獣化する技など、どんな文献（ぶんけん）でも伝承でも見た事も聞いた事もない。

つまり未知の能力だ。

こんなものが多数存在していれば、地上の人間自体が滅んでしまうだろう。

流石にこれを生かして飼うわけには行くまい。危険にも程がある。

竜理力と規格外の剛剣である竜鱗の剣を神竜フフェイルベインから授かって来たイングリスですら、一歩間違えばこちらがやられるような状況だった。

それに何より、ラフィニアの願いだ。

兄の命が失われるのを止めたいという、純粋な思いを叶えるためには、虹の王を生かしておくわけには行かないのである。

可愛い孫娘のためならば、己の楽しみは脇に置いてでもその願いを叶えて見せるのが親心。もとい、祖父心である。

「虹の王が倒れた！　倒れたぞッ！」

「天恵武姫を使わずにか……!?」

「す、凄まじい……！　なんて壮絶な戦いぶりだ――――！」

「さ、さすが、国王陛下が王命を下されるわけだ……！」

「よし、俺達もやるぞ！　残った魔石獣を殲滅すれば、俺達の勝ちだ！」

「「おおおおおおおおおおおおおっ！」」

地鳴りのような歓声と雄叫びが鳴り響く中――

「クリス～～～～！　やったわね、流石よ！　ありがとう～～～～！」

ラフィニアが遠くで呼んでいる声は、しっかりと聞き分けて見せる。

嬉しそうな笑顔だ。不安と緊張から解放されて、表情が輝いていた。

――とても可愛らしい。どんな苦労も吹き飛ぶかのようだ。

その隣にはユアも同乗していて、まるで無関心そうにぼーっとしているが。

とにかく、戦い自体も極上のものを堪能できたし、ラフィニアにも喜んで貰え、言う事はない。

イングリスもラフィニアの方を向いて、笑顔で手を振った。

「でもまだ敵はいるから、気を付けて――」

ラフィニアに向けたはずのイングリスの言葉。

だがそれは、直後に自分に降りかかって来る事になった。

ヴヴヴヴゥン――

異様な音と振動を、後方から感じる。

「!?」

振り向くとそこには――

虹の王の下半身が輝き蠢き、異様な音を発しているのだ。

「……！　まだ生きている!?」

異変は倒れた虹の王の下半身だけではない。

青い色をした何かが、視界の中を飛んで横切って行くのだ。

「あれは……!?」

戦場のあちこちに転がっていた、氷の塊――

その中には、人の原型をした魔石獣が封じ込められていた。

それがいくつも虹の王の元に飛来し、ぶつかって消えて行く。

虹の王だったものはウネウネと蠢いて形を変え、もはや何なのか分からない虹色の塊になろうとしていた。

「魔石獣を取り込んで、蘇ろうと……!?」

ならば今のうちに、追撃を加えて消滅させ止めるべき――！

人型の魔石獣を凍らせている経緯は分からないが、意図は分かる。

以前ノーヴァの街で、魔石獣と化してしまったセイリーンを救おうとしたのと同じだ。

あの時の経緯を知る者が、これを提案していたのかも知れない。

その意図は汲んで然るべきだろう。

だが——

「きゃあああぁぁぁ〜〜〜〜！」

「ふぬうううううう……」

悲鳴。

見上げるとラフィニアとユアが乗る星のお姫様号が、虹の王の元に引き寄せられようとしていた。

「ラニ！　ユア先輩！」

他の機甲鳥がそうなっている様子はない。

何故星のお姫様号だけが——!?

その理由は、ユアが手に持っているものだった。

氷の塊——その中には小さくなった魔石獣の姿が。

あれができる技術を持つのは、イングリスの知る限り血鉄鎖旅団の黒仮面だけだ。

だとすれば彼もこの戦場にいるのかも知れない。

ともあれ、ユアは魔石獣の入った氷の塊を離すまいと必死に握り締めている。

それで、乗っている星のお姫様号ごと虹の王の方向に引きずられている。

それを見過ごすわけには行かない。

「はあっ！」

イングリスは星のお姫様号に飛びつき、力任せに地面に引きずり下ろす。

そして虹の王へと引きずられないよう、踏ん張って組み止める。

「クリス！　ありがと！　助かったわ！」

「うん！」

「おっぱいちゃん、感謝。腕ちぎれそうだった」

その名前で呼ばれるのも久しぶりだ。相変わらず調子が狂う。

「ははは……ユア先輩、それは……!?　そちらが虹の王に引き寄せられているようですが……？」

イングリスはユアの握る氷の塊に目をやる。

「モヤシくん。捨てろって言っても、捨てないよ」

ユアは珍しく真剣な表情をする。

いや、むしろ初めて見たかも知れない。

イングリスは自分も、ユアが握る氷に手を添える。

「言いませんよ！　手伝います！」

そこに、ラフィニアの手も伸びてくる。

「あたしも！　ふんっ！」

「二人とも……意外にいい奴？」

ユアは意外そうな顔をする。

「意外じゃないと思うんですけどっ⁉」

「意外ではないつもりですが⁉」

「だってすぐキレる鬼怖い奴と、すぐ人と殴り合おうとするやべー奴」

ユアはラフィニアとイングリスを交互に見る。

「「心外ですっ！」」

二人で声を揃えて抗議する。

「――ならお願い、ちょっとモヤシくんを持ってて」

ユアはこちらに氷の塊を託す。

そして虹の王の方を向いて立ち上がる。

「ユア先輩……⁉」

「どうするんですか⁉」

「ぶっとばす。反抗期(はんこうき)だ」

そこの言葉の意味の半分は分からないが――

ユアは鋭い視線を蠢く虹の王(プリズマー)に向ける。

両手を指鉄砲(でっぽう)の形にし、組み合わせる。

一つの大きな指鉄砲を構え、腰を落とす。

いつの間にかリップルに似た、耳や尾が出現していた。

それは淡(あわ)く虹色に煌(きら)めき、ゆらゆらと揺(ゆ)れていた。

そしてユアの構えた指鉄砲――

その前に光弾が現れ、見る見るうちに膨れ上がって行く。

「す、すごいわ、ユア先輩……！　クリスみたい！」

「是非(ぜひ)また手合わせお願いします！」

「馬鹿な事言ってないで、モヤシくんをちゃんと持ってて」

こちらは真剣だが。

ともあれ、ユアの生み出したこの光はただ事ではない。

この規模、感じる力。

イングリスが放つ霊素弾(エーテルストライク)と同じ、いやそれ以上。

霊素弾（エーテルストライク）はイングリスの持つ霊素（エーテル）の力を十とすれば、一気に十を出し尽（つ）くすような戦技ではない。

十のうち二、三程だろうか。

一気に十を出し尽くすには、武器に――竜鱗の剣に頼（たよ）らざるを得ない。

霊素壊（エーテルブレイカー）のような霊素弾（エーテルストライク）を交えた複合戦技で破壊力を引き上げる手もあるが、それらを除いた完全独力のイングリスの戦技の中では、一番威力は出る。

それを超（こ）えうるこの威力は、一見の価値ありだ。

「超すごいばっきゅん――――！」

ズゴオオオオオォオオオオッ！

気の抜（ぬ）けた名前はさておき――

ユアの放った光弾は唸りを上げて、地面を抉（えぐ）りながら虹の王（プリズマー）へと突き進（すす）む。

そして直撃――！　爆発的（ばくはつてき）に広がった眩（まばゆ）い光が、辺りを包み込む。

「どう、効いてる……!?」

眩（まぶ）しさに目を細めながら、ラフィニアが声を上げる。

が、即答(そくとう)できる状態にない。

虹の王(プリズマー)の力の存在感はそのまま。

ウネウネと蠢いているのもそのまま。

いや、眩しくて朧気(おぼろげ)だが、形が定まって来たかも知れない。

「クリス……！　どうなの……!?」

「もしかしたら、ダメかも……！」

消滅して行くどころか、力が増していくかも知れない。

人型の魔石獣を大量に取り込んでいるからだろうか？

それとも、ユアのこの攻撃(こうげき)を吸収している？

確かにユアの今の力には魔石獣の、虹の王(プリズマー)の力が一部取(と)り込まれているように見える。

以前戦った獣人種の虹の王(プリズマー)の幼生体のものだ。

その証拠(しょうこ)に、その力を振るう時はリップルに似た耳や尾がユアにも現れる。

それは別にいいだろう。別に魔石獣の力であれ、ユアがユアとして力を振るえるならば何でもいいし、強くなるならもっといい。

手強(てごわ)い手合わせ相手は何人いても困らない。

だが虹の王(プリズマー)の力を取り込んでいるから、攻撃を吸収されるのか？

虹の王（プリズマー）といえども別の個体であり、全く同じ性質ではない筈（はず）なのに。

そもそも虹の王（プリズマー）の力はユアの一部であって、元々は別なのだ。

それとも、イングリス達（たち）が駆（か）けつける前にユアが事前にこの虹の王（プリズマー）と戦っていて、攻撃への耐性（たいせい）が既についていた？

目の前の現象への答えは出ないまま、結果だけは出た。

虹の王（プリズマー）が人型の魔石獣を吸（す）い込む動きが止まった。

まだ吸い込まれていなかった氷の塊はバラバラと、付近に落下して行く。

モーリスを封じ込めているという氷の塊も、守る事が出来たが――

「と、止まったわ！　もう大丈夫（だいじょうぶ）かな……!?」

「うん、そっちは……！　けど――」

光が収まるとそこには、形の定まった虹の王（プリズマー）の姿があった。

それは、イングリスが上半身を吹き飛ばす前とは全く別のものだった。

頭部は前と同じ、迫力（はくりょく）と威厳（いげん）を兼（か）ね備（そな）えた巨鳥（きょちょう）のもの。

背の大きな翼も変わらない。

が、それ以外――手足胴（どう）は鳥のそれではなく、人間の骨格をしていた。

そしてその体の大きさは、前の数分の一程度。

それでもイングリスの三倍近くあるが、前に比べれば随分と小さい。

だがその体に凝縮されている力のうねり——感じる迫力や威圧感は前以上だった。

「な、何よあれ⁉ 前と違(ちが)うわ……！」

「人型を取り込み、進化したとでも？ ふふふ……この世界は不思議がいっぱいだね？」

完全体の虹の王(プリズマー)が更(さら)に進化して強化されるなど、予想外だ。

流石としか言いようがない。素晴らしい。

前世のイングリス王の時代にも、これ程の怪物(かいぶつ)は見たことがない。

「で、でも……！ 大丈夫よね？ クリスならやれるわよね⁉」

「分からない。大丈夫とは言い切れないかな？」

イングリスは素直(すなお)に感じたままを伝える。

「え……⁉ く、クリスがそんな事言うなんて……！」

ラフィニアは一気に不安そうな顔になる。

「——でも……燃えるね！」

イングリスはグッと拳(こぶし)を握って笑顔を見せる。

「もう、燃えてる場合なの……!?」

だが少々安心したらしく、ラフィニアも少し笑(え)みを見せる。

「好きこそ物の上手なれ、だからね？　何事も楽しまないと。ユア先輩、ラニを頼(たの)みます……近くにいると危ないですから」

「いや、ムリ」

ユアはあっさり断って来る。

見ると、何か虹色(にじいろ)に輝く触手(しょくしゅ)のようなものでぐるぐる巻きにされ、転がっていた。

「ユア先輩……!?」

「な、何をやってるんですか……？」

「なんか、生えて来た。ふんっ、ふんっ……ダメ、動けない」

ユアは抜け出そうと力を込めているようだが、難しいようだ。

「じゃあラニ、ユア先輩を乗せて、離れていて」

転がったユアを星のお姫様号(スター・プリンセス)に積(つ)み込もうとした時――

「うあああああああっ!?」

こちらに近い位置にいた、機甲鳥(フライギア)の機上だ。

乗っていた騎士(きし)が苦しみ出し、その体が見る見る魔石獣に変わって行く。

「――！」

何の攻撃も無く、ただそこにいるだけでそこまでの影響を与えるとは。

確実に虹の王の力が増大している証。

それに何より――

「ラニ！　危ないよ！　速く！」

ラフィニアが危ない。

自分は霊素に守られているからいい。

ユアもよく分からない所はあるが、特殊な存在である。

だがラフィニアは――

あの騎士がどの魔印の持ち主なのかは分からない。

だがこちらより遠いあちらが魔石獣に変わって、ラフィニアが無事な所を見ると、あちらは中級以下。

魔印の強さによって耐性が違ってくると推測するが、だからと言っていつまで無事かなど分からない。

あまりにも危険過ぎる。

今この瞬間にも、背筋が凍り付きそうな程に恐ろしい。

一刻も早く退避させないと……！

「う、うん……！」

ラフィニアは星のお姫様号を再始動させようとするが――

いつもは元気よく唸りを上げるはずの星のお姫様号が、沈黙して動き出そうとしてくれなかった。

「う、動かないわ……！　故障……!?」

先程虹の王に吸い寄せられている時、力任せに強く引き摺り下ろし過ぎただろうか。どちらにせよ、間が悪い。

「なら――」

言いかけた所で、背後に大きな影が差しかかるのを感じる。

虹の王が一瞬で間合いを詰めて来ており、拳を振り下ろそうとしているのだ。

「くっ……！　せっかちですね――！」

イングリスは竜鱗の剣の刀身で、大きな拳を受け止める。

ガイイイィィインッ！

衝撃音。刀身が軋む程の強烈な衝撃を感じる。

受け止めた方のイングリスの足元がひび割れて、足が地面に埋まってしまいそうだ。

「ラニ、走って！　ユア先輩も連れて！」

「う、うん――！」

ラフィニアがユアを抱え上げようとして――

「遅いな。それでは、間に合わんだろう」

上から声。赤い長い髪が大きく揺られているのが見えた。

「システィアさん……!?」

やはりこの戦場に――

「こちらは任せておけ」

言ってユアとラフィニアを軽々抱え上げる。

「ひゃっ!?」

「いいパワーだ。ねえちゃん」

「システィアです。忘れないで下さい」

どうやらシスティアは、二人を避難させるのを手伝ってくれるようだ。

「ありがとうございます。助かります……！」

「フン。助太刀(すけだち)はせんぞ。ヤツと共倒(ともだお)れになるがいい、私達にはそれが好都合だ」

システィアは高く跳躍(ちょうやく)し、その場から離れて行く。

これで、虹の王(プリズマー)の拳を組み止めておく必要もなくなった。

「竜理力(ドラゴン・ロア)っ！」

白い半透明の竜鱗の剣とイングリスの腕が出現。

それが、拳打を打ち込んだ姿勢の虹の王(プリズマー)の、腕の関節部分を内側から叩(たた)く。

それにより虹の王(プリズマー)の力が逸(そ)れ、姿勢を崩(くず)す。

イングリスにかかっていた負荷(ふか)も、一気になくなる。

「今ッ！」

この隙(すき)は、見逃(みのが)せない――――！

正直言って、殆(ほとん)ど余裕はないのだ。

霊竜理十字(エーテル・クロスロア)に殆どの霊素(エーテル)を注ぎ込んで、吹き飛ばしてしまっている。

もう霊素弾(エーテルストライク)を撃(う)てる程の余裕はなく、霊素殻(エーテルシエル)を維持(いじ)するのが手一杯(ていっぱい)だろう。

竜理力(ドラゴン・ロア)にも余裕はないが、今虹の王(プリズマー)の攻撃を捌(さば)くために使ったのは、そうせざるを得なかったからだ。

霊素殻(エーテルシエル)を発動した状態でも、あの拳打は受けるのが精一杯(せいいっぱい)。

少し気を抜けば押(お)し潰されてしまいそうだった。

力任せに押し返す事は出来ず、竜理力(ドラゴン・ロア)で腕を撃つ事で、虹の王(プリズマー)の姿勢を崩す事しか出来なかったのだ。

この虹の王(プリズマー)に対してそれは、竜理力(ドラゴン・ロア)への耐性を高めてしまう事にもなるのだが、それも止(や)むなしだった。

こういう状況ならば、攻撃は——相手の弱点を狙(ねら)い澄(す)まし、そこを突(つ)く！

イングリスは虹の王(プリズマー)の太い腕を駆け上がり、顔面に肉薄(にくはく)する。

その瞬間、イングリスの身を包む霊素殻(エーテルシエル)の波動の色合いが変化する。

当然、竜鱗の剣の輝(かがや)きも同じように変わる。

霊素殻(エーテルシエル)の波動が浸透(しんとう)しているからだ。

霊素反(エーテルリフレクター)を使う時に扱(あつか)う、霊素(エーテル)の波動の変調である。

霊素(エーテル)の波長の違いは、奇蹟(ギフト)や魔術(まじゅつ)の属性の違いに等しい。

氷に耐性が付いた虹の王(プリズマー)に、炎(ほのお)で攻撃するようなものだ。

ただ、霊素(エーテル)の波動の変調は、技術的には難しい。

そう何種類も変更(へんこう)できるものではない。

少ない手数で、最大の効果を——！

「そこですっ！」

イングリスは虹の王(プリズマー)の右目に向けて、竜鱗の剣を突き出す。

が――


ビシュウウゥンッ！


寸前で、虹の王(プリズマー)の瞳(ひとみ)から、虹色の光線が発射される。

「っ⁉」

こちらを誘(さそ)い込んでいたのか――！

半人半鳥の姿になる前からだが、戦の駆け引きにも長(た)けている印象だ。

こういう所でも、他の魔石獣とは一線を画している。

回避は間に合わず、竜鱗の剣の刀身で受ける。

咄嗟(とっさ)の反応で、踏(ふ)ん張(ば)りは効かず――

光線に引き摺られて、体は大きく後方に吹き飛んで行く。

「やりますね……っ！」

虚(きょ)を突かれて追い込まれるのもまた、戦いだ。

不利かもしれないし、苦しいかもしれないが——

これを超えてこそ、最大の成長がある！

大きく吹き飛ぶイングリスの背中の方向には、アールメンの街の防壁(ぼうへき)がある。

このままでは防壁に叩きつけられ、大きな被害(ひがい)を受ける。

イングリスが空中で姿勢を立て直そうとしていると——

ふと、イングリスを押し込む勢いが弱まる。

「——!?」

いや、逆だ。誰(だれ)かがイングリスを支えたのだ。

見るとそれは、血鉄鎖旅団の首領の黒仮面である。

システィアがここにいたという事は、彼がいるのも不思議ではない。

「……手出しはご遠慮(えんりょ)頂きたいのですが」

イングリスは少々不服そうな顔を黒仮面に向ける。

「ふむ。では」

黒仮面はイングリスの背から手を放す。

だが、勢いが弱まったおかげでイングリスの足は地に着いていた。

そのまま、光線の勢いを受け止めて踏ん張る。

が、更に追加で虹(プリズマー)の王の左目から光線が発射された。

「っ⁉」

倍加した勢いが、地に足の着いたイングリスを再び押し込み始める。

地面に轍(わだち)を残して後ずさりして行くこちらの真横に、黒仮面は足早に付いて来た。

「何をされているのですか……？」

「こちらの用は終わっていないのでな――」

だが手を出すなとは言われたので、大人しく手出しを控(ひか)えて付いて来ている――と？

中々律儀(りちぎ)な事だ。こんな場面だが、思わずくすりとしてしまう。

「では、何の御用(ごよう)でしょう？」

「何。あの進化した虹(プリズマー)の王と戦うには、君はあまりにも消耗(しょうもう)し過ぎている――それでは公平な戦いとは言えまい？　戦いは正々堂々互角(ごかく)である方が、より楽しめるというもの……そうだろう？」

「それはそうですが――どうするおつもりですか？」

黒仮面はイングリスに向けて手を翳(かざ)す。

「君に我の霊素(エーテル)を。こちらも消耗して、万全(ばんぜん)とは言えぬが――下手に手出しをして目立ち過ぎるのも、我々としては避(さ)けねばならんのでな」

「わたしに手柄を押し付けるつもりですか――？」

「近衛騎士団長次席殿にそのつもりがないとは思えぬが？」

イングリスの味方の騎士達への呼びかけも聞いていたようだ。

確かに、黒仮面の言う通りではある。

大軍が集まる戦場で虹の王と一対一で戦い撃破をしたら、手柄は避けられないだろうし、今回は避けるつもりもなかった。

ゆえに近衛騎士団長への就任も受けて来た。

無名の騎士アカデミーの生徒が虹の王を撃破したとなれば――

聖騎士団や聖騎士、天恵武姫は何をしていたのか、という話になってしまう。

こういう時は、手柄を取られた側の立場が高ければ高い程、手柄を取る側の立場が低ければ低い程、取られた側が貶められてしまうものだ。

低い立場の者が、高い者の鼻を明かす――

いわゆる下剋上的な痛快な物語として、人々に捉えられてしまう。

イングリスとしては、当然それは望まない。

ラファエル達の立場を悪くするつもりなどないし、もし貶めてしまったらこちらにいらぬ期待がかかる。

何より——次から虹の王（プリズマー）が現れた時に呼んで貰えなくなってしまうのが恐ろしい、大変な機会の損失である。

当然エリスやリップルにそんなつもりはないだろうが、二人の意思が全てにおいて優先されるとは限らない。

聖騎士団の中心はラファエルと、エリスやリップルだが——

その上にはウェイン王子やセオドア特使がおり、彼らの周りにも様々な人物がおり、それぞれの立場というものもある。

その点、近衛騎士団長が聖騎士団に協力して虹の王（プリズマー）を撃破したという事であれば、聖騎士と近衛騎士団長は同格であるから、下剋上的な痛快さは発生しない。

結果、聖騎士団への影響は少なく済み、イングリスへのいらぬ期待の度合いも少なく、虹の王（プリズマー）との戦いにもまた呼んで貰えるだろう。

「——その方が最終的には都合がいいと判断しましたので」

「こちらも同じなのだよ。下手な活躍（かつやく）を伝聞されて、この国の秩序（ちつじょ）を揺るがすつもりはない。我等の敵は、地上を食い物とする天上人（ハイランダー）のみ」

表立って活躍し名声を得てしまうと、当然人々はそれを喝采（かっさい）し期待を寄せる。

血鉄鎖旅団という組織にとっては、それはつまり、既存（きそん）の支配体制への挑戦（ちょうせん）とも受け止められかねない。

　これまでこのカーラリアでも血鉄鎖旅団の存在は知られていたが、国を挙げてそれを討伐しようという動きはなかった。

　名声が意図せず高まってしまうと、その危険性が増すのは事実だろう。

　黒仮面としては地上の国を盗る意図はなく、あくまで天上領を敵として叩くのみだ――と。

　確かに、初めて顔を合わせた時から黒仮面はこれを言っている。

　ただ、虹の王が動き出し、この国を滅亡に追いやるかも知れない状況で何もしないのは忍びなかった――という事だろうか。

　そもそも、ノーヴァの街でセイリーンに虹の粉薬を盛ったミモザのように、カーラリア国内にも血鉄鎖旅団の仲間は存在する。

　虹の王から自分達の仲間を守る行動と考えれば、自然でもある。

「あなたは、いつ顔を合わせても同じ事を言いますね――」

「それが信念というもの。君も同じだろう？　おかげで今、無駄に動かされている」

　こうしている間にも、イングリスの体は地面に跡を残しながら後方に押されて行き、黒仮面は足早にそれに付いて来ているのだ。

「ふふっ。ではありがたく頂戴します。腹が減っては戦は出来ぬと言いますし、これは戦の前に腹ごしらえをする行為と解釈します」

せっかくならばこれ程の強敵、万全の状態で力比べをしてみたい。

そう思ってしまうのも、武人の本能である。

「では」

黒仮面がイングリスの肩に触れる。

その身を包む霊素の波動は、イングリスと同じ波長、色合いに調整されていた。

そしてそれが、イングリスに浸透して行くのが分かる。

失われた霊素が急速に満たされて行く。

あっという間に、万全に近い状態にまでイングリスの霊素は回復していた。

黒仮面は自分も万全ではないと言ったが、イングリスにとってはほぼ万全な状態だ。

つまり身に内在している霊素の量は黒仮面の方が多いという事になる。

霊素の量、つまり持久力だけが決定的な戦力の差ではない。

同じ十の量同士の霊素で出る破壊力はイングリスの方が上だというのは、黒仮面自身もかつて認めていた事だ。

だが、まだまだ自分も未熟という事は分かった。

目指すべき相手がいる事は、いい事だ。今後の修行にも更に身が入る。

「うむ。これでいいだろう」

黒仮面の体から霊素の輝きが消える。

「凄いですね。あなたは万全ではないと仰いましたが、わたしはほぼ万全です」

「過度な期待をして頂いても困る。こちらも限界に近い。次はないと思って頂きたい」

「ええ、分かりました。ありがとうございます……！　この借りはいずれ別の戦場でお返しします」

「うむ。ならば一度のみでも、戦場で我を見つけても襲わずにいて頂けるとありがたい」

「えぇ……!?　それは――」

それでは、つまらない。

これを機会に更に修行を積み、成長した自分を見せる事で恩返しに代えようと思ったのだが。

「では後は頼む。健闘を祈らせて頂く……！」

黒仮面はそう言い置くと、方向転換して高く跳躍。こちらから遠ざかって行く。

少々話し合いたい事はあったが、この状況では致し方ない。

今は目の前の虹の王を――

もっと言うと、この一方的に光線に押し込まれる状況を打開しなければならない。

そのための力は、今受け取った！

「霊素弾（エーテルストライク）っ！」

イングリスの目の前に、巨大（きょだい）な霊素（エーテル）の光弾（こうだん）が形成される。


ゴオオオォォォッ！


それが虹の王（プリズマー）の光線を逆に押し返し、遡（さかのぼ）り始めた。

「よし――！」

押し込まれ続ける状態から解放されたイングリスは、進む霊素弾（エーテルストライク）の真後ろを追走し始める。

このまま、押し返す――！

後方には、アールメンの街がある。

まだ完全に地下への退避は済んでおらず、無数の魔石獣（ませきじゅう）との戦いも継続（けいぞく）中だ。

そこにこの虹の王（プリズマー）の光線が着弾（ちゃくだん）したら、相当な被害が出る。

それは、させない――！　押し込んで潰（つぶ）す……！

だが虹(プリズマー)の王もすんなりとそれを許してくれない。

両目に加えて両手からも、同じ光線を重ねてくる。

霊素弾(エーテルストライク)が逆に押し返され始める。

進行方向が変わり、こちらに向かって進み始めた。

「！　押し返される……⁉　なるほど——！」

流石(さすが)完全体の虹(プリズマー)の王が更に進化した強化型は、想像を絶する。

こんなにもあっさりと、霊素弾(エーテルストライク)を押し返して来るとは——

「ですが、これでどうでしょう——！」

身を覆(おお)う霊素殻(エーテルシエル)の波長を変更。

迫(せま)って来る霊素弾(エーテルストライク)と反発する、正反対の波長に。

霊素弾(エーテルストライク)を反射させ、任意に軌道(きどう)を操(あやつ)る霊素反(エーテルリフレクター)を使う時と同じだ。

「はあああぁぁぁぁあっ！」


ドゴオオオオォォンッ！

イングリスは竜鱗の剣(けん)で、霊素弾(エーテルストライク)の光弾を殴りつける。

反発する波長の霊素(エーテル)を纏(まと)った剣圧は、光弾を更に逆に押し返す。

すかさずその分前進し、止まったところでもう一度剣を叩き込(こ)む。

また推進力を得た霊素弾(エーテルストライク)は虹の王(プリズマー)へと前進。

もう一度前進。止まったところで剣撃。

もう一度。もう一度。もう一度――！

霊素弾(エーテルストライク)に力が足りないならば、別の手段で力を加えればいいのだ。

イングリスは押し込まれた距離(きょり)を取り戻(もど)し、虹の王(プリズマー)の間近まで肉薄していた。

そこで、力を失った霊素弾(エーテルストライク)と虹の王(プリズマー)の光線が互(たが)いに相殺(そうさい)されて消え失(う)せる。

「――！」

イングリスは霊素弾(エーテルストライク)の背中を押すために振(ふ)りかぶっていた剣の軌道を即座(そくざ)に変更。地面に強く剣を打ち下ろす。

衝撃(しょうげき)で地面には大穴が開き、盛大(せいだい)に土埃(つちぼこり)が巻き上がる。

これは煙幕(えんまく)。目眩(めくら)ましだ。

イングリスは土埃の中から飛び出して、虹の王(プリズマー)の右手から背後に回り込むように走る。

街を背にした位置取りでは、虹の王(プリズマー)の攻撃を避けられない。

流(なが)れ弾(だま)で、街に目を覆いたくなる程の大被害(だいひがい)が出るだろう。

実質、回避するという選択肢がなくなり、受けるか弾くしかなくなるのだ。
まずそれを防ぐ——そのための動きだ。
無論霊素殻を発動した全速力だが、背後に回りきる前に——
虹の王とイングリスの視線が合った。
それは攻撃の照準でもある。
直後に目から発射された光線が、イングリスを追いかけて来る。
「なるほど……！　反応速度も上がっていると——」
進化前は全速力のイングリスの動きに、一歩反応が遅れていたはず。
今は全速力のイングリスを正確に目で追い、視線の閃光が追いかけてくるのだ。
更に、イングリスの進行方向にも先回りするかのように光が。
虹の王の両指からの攻撃だ。
方向を急転換して、寸前で回避。
同時に、足を止めずに竜鱗の剣の剣先だけを地面に触れさせた。
高速で走っている勢いのおかげで土埃が巻き上がり、それがイングリスの体を隠す。
切り返しの方向を先読みさせないためだ。
一歩でも足を止めたり、動きを読まれれば、直撃して無事には済まないだろう。

事実、イングリスから狙いの逸れた光線は、遥（はる）か遠くまで尾（お）を引いて――

地面に巨大な轍を残したり、山の峰（みね）や丘陵（きゅうりょう）を丸ごと吹（ふ）き飛ばしている。

とてつもない破壊行為（はかいこうい）だ。

それをぎりぎりで避け続ける、紙一重の攻防（こうぼう）――！

「ふふふ――緊張感（きんちょうかん）が違いますね……ふふふっ」

思わず口から言葉が漏（も）れる。

自分でも自分がどんな顔をしているか分からない――

きっと、とてもたおやかで可愛（かわい）らしく、花のほころぶような笑顔（えがお）のはずだ。

そうしながら、イングリスは状況の変化を待っていた。

このまま回避し続けていれば、いずれ虹の王（プリズマー）の方が焦（じ）れて、もっと踏み込んでくるはずだ。

変化前に使っていた光の檻（おり）や、それに近い何かでこちらの動きを封（ふう）じようと――

その瞬間が、こちらにとっても好機になる。

こちらに逃（に）げ場（ば）がないという事は、あちらにもないという事。

こちらの大技（おおわざ）も一度に殆どの霊素（エーテル）を注（そそ）ぎ込んで吹き飛ばす以上、外すわけには行かないのである。

好機を狙い澄まし、最大の一撃を叩き込む――

それを待つための、我慢比べだ。

だが、その攻防は少々予想外の形で終了する事になる。

突然虹の王はぴたりと攻撃を止めたのだ。

同時に光の檻が展開される――という事もなく、本当に何もなく停止した。

「――？」

急転に備えて脚は止めず、虹の王の様子を窺う。

「ウゴク――ナ……」

「⁉　人の言葉……⁉」

人型の魔石獣を取り込み、形状が人に近づく事で、人の言葉も学習したと？

元々備える極度の学習能力の高さは、こういう面でも発揮されるのだろうか。

と同時に、虹の王は大きな手を翳す。

イングリスではなく、アールメンの街の方向に。

「サモ――ナクバ……」

掌に光が収束する。

アールメンの街を人質に取ろうと言うのか。

それによってイングリスの動きを止めようと。

虹の王がこちらの動きを止めに来るとは思っていたが、まさか人質を取られて脅迫されるとは思わなかった。

流石に全くの想定外。そして、残念だ。

そうではないのだ。自分が魔石獣に求めるものは。

「……人に近くなり、余計な悪知恵も身に着けてしまいましたか……残念です。魔石獣とはもっと何も考えず本能の赴くままに、動くものを見るなり襲い掛かる破壊者であるべきでしょう！　もっと魔石獣としての誇りを持って下さい！」

「ナイ……モトモト――サガス、ダケ……」

これには一言、苦言を呈さざるを得なかった。

「探す？　何を……!?」

「カケ……ラ。タイセツ……ナ！」

動きを止めたイングリスの体を、虹の王は両手で掴んで握り潰そうとする。

「!?　うっ……く――うううっ……！」

霊素殻を発動した状態でも、とてつもない圧力である。

何もない状態では、間違いなく即死だろう。

この状態でも全身に激痛が襲って来る。

骨が軋(きし)み、軋み切れずに折れてしまう感覚も、どこからか。

だが——

「ジャマスル——シネ……！」

「お断りします……ッ！」

今、竜鱗の剣に全ての霊素(エーテル)を注ぎ込み終えた——！

安い悪知恵は、逆に自分の身を滅(ほろ)ぼしかねない。

こちらが要求通りに動きを止めたからといって、安易に近づき過ぎだ。

反撃(はんげき)するなとは言われていない——！

「オオ……ッ!?」

イングリスがその力を解放すると、刀身から膨(ふく)れ上がった霊素(エーテル)の塊(かたまり)が虹の王(プリズマー)の手を弾(はじ)いた。

霊素(エーテル)の波長は、無論まだ耐性(たいせい)の付いていない反射用の色だ。

こちらの身は、圧力から解放されて地面に着地。

足や腕(うで)や、色々な所から激痛を感じるが、今それに構っている場合ではない。

霊素(エーテル)の塊を弾き飛ばそうとしている虹の王(プリズマー)に向け——

「竜理力（ドラゴン・ロア）！　はあああああぁぁぁぁぁっ！」

全力で竜理力（ドラゴン・ロア）を込めた突きを、叩き込む！

「オオオォォォォォォ――――ッ!?」

カッ――――――！

弾ける輝きが、視界の全てを覆い尽（つ）くした。

至近距離で炸裂（さくれつ）させた霊竜理十字（エーテル・クロスロア）は、イングリスの体を一度目より更に大きく弾き飛ばす。

地面に叩きつけられ転がりながら、視界の端（はし）に巨大な霊素（エーテル）の光の柱が立ち上っているのが見えた。

その中に、虹の王（プリズマー）も確実に巻き込まれている。

が、その後に盛大な地面の崩壊（ほうかい）が起こり、舞（ま）い散る砂や土埃がそれを覆い隠した。

「くっ……うぅ――ふう。さあ、どうで……っ!?」

イングリスの言葉が終わるより早く、土煙（つちけむり）の中から大きな足が飛び出して来る。

それは無論、虹の王（プリズマー）のものだ。

風を切り唸りを上げる、凄まじい勢いの蹴撃である。

「くうっ……⁉」

ガイイイイイイインッ！

響いた金属音は、蹴りの軌道に何とか竜鱗の剣を差し込んで、直撃だけは免れたから。
だが怪我の影響もあり、踏ん張りは利かない。
必然的に体は大きく弾き飛ばされる。
弾丸のような高速で、アールメンの街の防壁の方向へ。
「まずい……ですね……っ！」
何とか姿勢を持ち直して、竜鱗の剣を突き立て勢いを殺そうとする。
だがそれも、勢いを殺すには至らない。
このままでは防壁に、直撃を――！
もっとだ。もっと剣を強く深く突き刺せば、勢いを殺す事が出来る。

バガアァァァンッ！

だがその頼みの竜鱗の剣は、負荷に耐えきれず粉々に砕けてしまう。

「……!?　フフェイルベイン、すみません、せっかくのあなたのご好意を……！」

間は悪い。最悪に近い。だが、ここまでよく保ったとも言える。

イングリス・ユークスが手にした武器の中でも、群を抜いた性能、強度だった。

特に、イングリスの全ての霊素を注いでも受けてくれる器であったことは大きい。

そのおかげで、一撃の破壊力という点では、それまで最大だった霊素壊を超える霊竜理十字を実用可能なものにしてくれた。竜鱗の剣なしでは、あの戦技は成り立たないのである。

ともあれ状況は悪化した、これをどうするか——

「クリス——ッ！」

後方から、ラフィニアの声がした。

「ラニ!?」

防壁の傍、イングリスが弾き飛ばされて行く進路上にラフィニアがいた。

受け止めようとしてくれているのか？

だがラフィニアが巻き込まれてしまえば、イングリスより危険なのはラフィニアだ。

「駄目！　ラニ、離れて――！」

「嫌よ！　クリスを助けるっ！」

ラフィニアは凛と眉を引き締め、光の雨を引き絞って放つ。

発生した無数の光の矢は、イングリスが吹き飛ぶ軌道上に収束して落ちる。

着弾と同時に爆ぜて土を盛り上げ、それが土嚢のようにイングリスの背を支えようとしてくれるが、勢いに負けて弾け飛ぶ。

だがそれ一つではない、二つ、三つ、四つ、五つ、もっと、可能な限り多く――

それが少しだけかもしれないが、勢いを和らげてくれた。

更に――

「えええええええいっ！」

距離が近づくとイングリスに飛びついて、何とか押し留めようと支えてくれる。

「ら、ラニ……！」

その力は、正直言ってそれ程強くはない。

支える力ならば、黒仮面の方が何倍も上だった。

だが、イングリスを突き動かす力はその何倍も。

いや何十倍何百倍。いや、無限大だ……！

「うあああああああぁぁぁっ！」

ラフィニアを抱きしめて抱え、強引に足を地面に突き立てて踏み止まる。

元々痛んでいた足は多分衝撃で折れたが、痛みは気合いでかき消す。

ラフィニアだけは、何としてでも――今はそれだけだ。

その念が通じたのか、イングリス達は防壁に衝突しなかった。

トンと背中を突く程度。もたれかかって休むには、丁度いい。

「ふう……！　ラニ、大丈夫――!?」

「う、うん……！　ご、ごめんね、受け止めきれなくて」

「そんな事ないよ、ありがとう。助かったよ……っ!?」

そこで全身の激痛を思い出し、イングリスは顔をしかめる。

「！　動かないでね、すぐに治すから……！」

ラフィニアが治癒の力の奇蹟を発動し、殆ど抱き着くようにイングリスに触れる。

すると痛みが和らぎ、徐々に怪我が治って行くのが感じられた。

気のせいかもしれないが、失った霊素まで僅かながら回復するような、そんな錯覚すらある。

ラフィニアの献身に、心が満たされたからだろうか。

彼女の前でこんな重傷を負う事も、治癒して貰う事もなかったため、初めての体験なのだが、とても心地よい。

だがそれを、のんびりと受けているわけには行かない。

虹の王はまだ健在なのだ。

右の肩から先や左拳も吹き飛び、全体的にかなり損傷しているが、まだ生きている。

一旦動きを止めているが、その損傷に反比例して全身が眩しく、輝度を増して行く。

空気を震わせるような細かい振動音。足元もグラグラと揺れ始めた。

俄か仕込みの浅知恵に頼った事を反省し、全身全霊の攻撃でこちらを消し飛ばそうとしているのか——どんな攻撃が飛び出すかは分からないが、この周辺もただでは済まないだろう。

アールメンの街ごと全て消滅するかもしれない。

それくらいの力が、虹の王に収束して行くのが分かる。

止めるならば、今のうちだ。だがその前にラフィニアを逃がさねばならない。

そもそも近づくだけで魔石獣化してしまう危険がある。

「ラニ！　駄目だよ！　早く離れて……！　虹の王が攻撃して来る！」

「何言ってるのよ、こんな怪我じゃ戦えないでしょ？　ギリギリまで粘るわよ……！」

「ギリギリなんてもう過ぎてるよ……!? お願いだから我儘言わないで――」

「我儘でも！」

イングリスの訴えに、ラフィニアは真っすぐ目を見つめて来る。

「我儘でも、あたしとクリスは最後まで一緒なの！ 騎士と従騎士なんだから、それでいいの――！」

「ラニ……」

ラフィニアも戦況を見て、感じ取っているのだ。

こんな事を言わせてしまうのは、申し訳ないというか、可哀そうだ。

己の力の無さを、未熟さを恥じる他はない。

これはもう、仕方がないだろう。

「いや、最後なんかじゃない！」

それは、イングリスの台詞ではない。

優しい響きながらも、凛として力強い青年の声。

赤い鎧を纏ったその背中が、イングリス達の目の前に舞い降りて来た。

「ラファ兄様……！」

ラファエルは虹の王の動きに注意を払いつつ、こちらを振り向く。

「二人とも、後は僕（ぼく）に任せてくれ——ありがとう……もう十分だ。本当によく戦ってくれたね」

完全に覚悟（かくご）が固まり切っているのか、ラファエルは穏（おだ）やかな表情だった。

「虹の王（プリズマー）は、クリスのおかげで激しく傷ついている……！　あれならきっと、僕達（たち）で止（とど）めを刺せる——！」

そのラファエルの横に、もう二人の姿が舞い降りてくる。

無論聖騎士と対になる存在、天恵武姫（ハイラル・メナス）だ。

エリスもリップルも、ラファエルと同じ穏やかとも言えるような表情だ。

これから何が起きるのか。それを完全に受け容（い）れた心の内が見て取れる。

「正直言って、ここまで奴（やつ）を追い詰（つ）めてくれて、本当に驚（おどろ）いているわ。あれは私達が見たどんな虹の王（プリズマー）より強い。信じられないくらいよ。本当にすごいわね、あなた……来てもらってよかったわ」

エリスにしては、何の注文もなく全面的にイングリスを誉（ほ）めてくれた。

「そうそう。最初から僕達だけで戦ってたらヤバかったよ。ホントありがとね？　後はボク達に任せて、ゆっくり休んでてね」

リップルはいつもとあまり変わりはないだろうか。

ただ少し、声が震えているようにも感じる。

「さあ、行きましょうエリス様、リップル様！　僕にお二人の真の力をお貸し下さい！」

ラファエルがそう力強く呼びかける。

「ええ……！　あなたと心と力を一つに、私達の力を託します……！」

「うん！　お願い、ラファエル……！　ここの地上を、この国を、みんなを！　助けてあげて……！」

「はい、お任せ下さい……！」

エリスとリップルの体が、黄金色の輝きに包まれて行く。

それは気高く、美しく、神々しい。

見るものを本能的に畏怖させるような、そんな輝きだ。

「ラファ兄様……」

ラフィニアはイングリスの腕にぎゅっと掴まりながら、ラファエルの名を呼ぶ事しか出来ない様子だった。

他にかける言葉が見つからない。そんな様子だ。

ただ、目いっぱいに潤んだ瞳が、その感情を如実に表している。

そんなラフィニアをラファエルは振り返り、微笑みかける。

「ラニ……クリスと仲良くするんだよ？　ラニ達の未来は僕が守るから。だから……父上と母上には、よろしくお伝えしておいてくれ――」

「はい、ラファ兄様……！」

もはや堪えきれずに、ラフィニアの瞳から涙がぽろぽろと零れ落ちていた。

「クリス――」

ラファエルはイングリスにも微笑みかけてくれる。

「はい、兄様」

「僕はずっとどこかで、君の事を追いかけてきたような気がする。僕も特級印を授かった身だけれど、君は僕が想像も出来ない凄い子だって……生まれたばかりの赤ちゃんの頃から、僕が倒せない魔石獣を倒していたんだからね」

「……！　覚えていらっしゃったのですか」

「うん……ずっと夢かも知れないと思っていたけどね。君の戦いぶりを見て確信したよ。君は僕を超える存在。そんな君を今だけでも守る事が出来るのは、少しだけ誇らしいよ……ラニの事、よろしく頼むね？　君が付いていてくれれば安心だから」

「ええ。これまでも、これからも……」

イングリスはたおやかに微笑んで応じながら、ラファエルの元に進み出た。

「クリス？」

「兄様、ならばわたしに出来る事を――」

正面から、上目遣いにラファエルを見つめる。

そして、その頬にそっと手を伸ばして触れさせた。

「ク、クリス……!?」

「せめて、戦いの祝福を……その、出来れば目を閉じて頂けると助かります……」

「え……!? あ、う、うん……!?」

ラファエルは動揺しながら目を閉じて――

そしてイングリスは――深く腰を落として、グッと拳を握った！


づどむっっっっっ！


イングリスの拳が、ラファエルの腹部に突き刺さる。

「ぐあっっ――――!?」

ラファエルの足は一瞬地面から離れて浮き、体がくの字に折れ曲がっていた。

こてん。

そしてそのまま、気を失って倒れ伏した。

ラフィニアもエリスもリップルも、一瞬何が起きたか分からず――

目を真ん丸にして、崩れ落ちるラファエルを見つめていた。

「「「えっ――?」」」

「すみません、ラファ兄様……説明している時間は無さそうでしたので――」

イングリスは昏倒しているラファエルに深々と頭を下げる。

ラファエル程の相手を確実に気絶させるには、完全に無防備になって貰う必要があった。

それを誘発するために、色仕掛けめいた事までしてしまった。

逆に言うと、出来てしまった。自然とそういう発想が出たのだ。

色々な意味で、少し恥ずかしい――イングリスは少々頬を赤らめていた。

「な、な、ななな……何をしてくれるのよあなたはあああぁぁぁぁっ!?」

一応三人の中で最も早く我に返ったのはエリスで、見た事がないくらい慌てていた。

いつも物静かで大きな声は出さないのに、声が裏返るくらいの動揺ぶりである。

「今がどういう状況か分かっているでしょう!?　ラファエルがいなければ、誰が私達を使ってあの虹の王(プリズマー)を倒すのよ⁉　あああああ……！　こんな――！　もう、どうすればいいのよっ⁉」

エリスはイングリスの襟元(えりもと)を掴んで、がくがくと揺さぶって来る。

「ラファエル！　ラファエルっ！　起きて！　起きてよおぉぉっ！　ダメだ、完全に伸びちゃってる⁉　ラフィニアちゃん、治癒の奇蹟(ギフト)をラファエルに使ってくれる⁉　早く起こさないと！」

リップルは倒れたラファエルを何とか起こそうと、ラフィニアに助けを求める。

「は、はい！　分かりました……！」

「ラニ、待って！」

イングリスはそれを制止する。

今起こされては、わざわざ止めた意味がない。

「エリスさん、リップルさん。勿論(もちろん)、わたしも考え無しにこんな事はしません。わたしに考えがあります」

「あるの？　あるのね⁉　じゃあ早く言いなさい！　時間がないのよ！」

「イングリスちゃん……どうするの⁉」

「はい、わたしがお二人を使います――わたしに力を貸して下さい」

イングリスはたおやかに微笑みながらそう言った。

「「……！」」

動揺していたエリスとリップルの顔が、一気に冷静な、沈痛(ちんつう)なものになる。

ラファエルの代わりにイングリスが天恵武姫(ハイラル・メナス)を使うという事は——つまり、イングリスがラファエルの身代わりになるだけなのである。

エリスはとても辛(つら)そうに、伏(ふ)し目(め)がちにイングリスに応じる。

「今更(いまさら)言っても仕方のない事だけれど……あなたがラファエルの代わりになればいいというものではないと思うわよ？　いいえ、むしろ犠牲(ぎせい)が避(さ)けられないなら、それはラファエルが……常に使命と覚悟に向き合って来たラファエルが果たすべきものだわ……」

「イングリスちゃん……ボクもエリスの言う通りだと思うよ？　でも、うん……仕方ないね、こうなっちゃったら……」

「いえ、そうではないんです」

「「え？」」

二人が声と表情を揃(そろ)える。

「わたしは死にませんよ？　天恵武姫(ハイラル・メナス)を使っても」

再び、にっこりと笑みを浮かべるイングリス。

「「えええっ⁉」」

二人は驚いた後、やはりすぐに疑いの表情になる。

「そ、そんな気休めは言わなくていいのよ……」

「うん。ボク達なら大丈夫だから……」

「いえ、本当です。実戦練習は済ませてきましたから。ね？　ラニ？」

イングリスが呼びかけると、ラフィニアはピンと来たようだ。

「あ、そうだ……！　お、思い出したわ！　ほ、ホントですエリスさん、リップルさん！　あたし達がアルカードに行った時、ティファニエっていう天恵武姫（ハイラル・メナス）と戦ったんですけど、その時クリスはティファニエが変化した鎧を着たんです！　でも、今も元気でここに……！」

「天恵武姫（ハイラル・メナス）のティファニエ……⁉　あの子が――⁉」

「エリス、知ってるの……⁉」

「ええ。古い知り合い――本当に古い、ね……」

「あの時、ティファニエさんはあえて武器化をしてわたしに装着し、わたしを殺そうとしました。ですがおかげで、それを回避して、天恵武姫（ハイラル・メナス）の力だけを使う方法を覚えました」

霊素（エーテル）を使って天恵武姫（ハイラル・メナス）の機能を一部狂（くる）わせるという事である。

武器化した天恵武姫は使用者の生命力を吸い取り、無為に拡散してしまうが――

技術的にはその放出する穴を霊素で塞いでしまうというイメージだ。

それにより、副作用を無視してその強大な性能のみをただ喰い出来る。

以前血鉄鎖旅団の黒仮面がイーベルを仕留めた時、システィアを武器化して使い、平気な顔をしていた。

それを見て、そういう事も可能なのだと学んでいたのが大きい。

ティファニエがイングリスに装着して来た際、命を失う前に即応する事が出来た。

「……本当かも知れない、ティファニエがそういう攻撃を仕掛けたのなら、容赦はしないと思うから――」

「イングリスちゃん――本当にそうなら、どんなに……」

イングリスは戸惑う様子の二人に、諭すように言葉を続ける。

「エリスさん、リップルさん……お二人のこれまでのご苦労は、わたしに測り切れるものではありません――とても、お辛かったと思います。共に戦うに足る、信頼の絆で結ばれた方程、あなた達の前から消えて行く――しかもそれは、一度や二度ではなかったかと……わたしにはとても耐えられない事です。ラニを失うなど考えられませんから」

エリスもリップルも、天恵武姫としての経験は長い。

恐らくロシュフォールと共にいたアルルのように、自分を扱う事になる騎士に惹かれてしまうような事もあっただろう。

だがそんな相手や信頼できる仲間との死別を繰り返し、今の二人の、どこか諦めにも似た達観が形成されて行ったのだと推察する。

見た目こそそう変わらない年齢に見えるが、まだ少女のようなあどけなさを失っていなかったアルルに比べ、エリスとリップルは明らかに雰囲気が違う。

それが長い経験の積み重ねを感じさせるのだ。

そして、そんな中でもこのカーラリアの国と人々を守るために、天恵武姫であり続けているのは賞賛すべき事だ。

いくら肉体が超人的で年を取らないといっても、心が壊れてしまっては別なのだ。

二人は心を折らず、壊さず、地上の人々のために耐え続けている。

まさに天恵武姫は人々を護る女神——二人の生き方とあり方は、それを体現していると言っていいだろう。

真似は出来ないしするつもりもないが、尊敬はする。せざるを得ない。

自分は天寿を全うするまで使命と責務に殉じ、今は生まれ変わって楽しく過ごしているが——エリスとリップルは、恐らくイングリス王の天寿よりも長い間、ずっと天恵武姫としての運命に殉じているのだ。

「お二人の天恵武姫（ハイラル・メナス）としてのこれまでに、最大限の尊敬と御礼（おんれい）を」

イングリスは一度、深々と頭を下げる。

そして頭を上げると、笑顔で手を差し伸べた。

「これまで……よく頑張（がんば）って下さいましたね？　そろそろ少し楽をしましょう？　わたしがお二人の前にいる限り、もう心配はいりません。悲しむ必要も、傷つく必要もありません。今からそれを証明してみせますので、どうぞ何も心配せず、わたしの手を取って下さい？　ラニもラファ兄様もお二人の心も、全てわたしが守ります」


ぽたり。


地面に零れ落ちた涙は、少し前まで泣いていたラフィニアのものではなく――

「エリス……!?」

「あっ……!?　ご、ごめんなさい……っ！　私、まだ戦ってもいないのに……！」

エリスは慌てて目元を拭（ぬぐ）いつつ、恥ずかしそうに後ろを向いた。

「もー。気が早いんだから、まあ気持ち分かるけどね。ボクも泣きそうだよ」

リップルも目元を少し拭って、差し出されたイングリスの手を取った。

「イングリスちゃん、もう何て言うか全部任せるよ……！　やってやろう！　ね⁉」

「はい、リップルさん！　お任せ下さい……！」

イングリスとリップルが繋いだ手から、黄金色の光が溢れ出す。

それは柱のようにリップルを覆い隠し――

その輝きの中で、リップルの人影が別の形に変わって行く。

「さあ、エリスさんも」

「ええ。あなたに任せます……！　お願いよ、守って……！　全てを……！」

エリスは涙を見られるのを恥ずかしがって、少し俯きがちに――

だがとても強く、イングリスの手を両手で握り締めた。

エリスの体もリップルと同じように、黄金色の光に包まれて変化して行く。

「凄い光！　クリス……⁉　大丈夫⁉」

「大丈夫だよ、ラニ。ラファ兄様の事、見ててあげてね」

「分かった……！　こっちは心配いらないから、思いっきりやっちゃって！　クリス！」

「もちろん！　こんな機会は中々ないから――ね！」

笑みを見せるイングリスの両腰の横に、黄金の鞘に納められた一対の剣が出現する。

エリスが武器化した双剣である。

その輝きと気品ある装飾は、天恵武姫の名に相応しい。

そして腰の後ろには、リップルが変化した双銃身の銃が装着される。

こちらも天恵武姫の名に恥じぬ美麗さと、重厚感を兼ね備えている。

イングリスは双剣を鞘から抜き放ち、具合を確かめてみる。

星のように美しく輝く刀身は、軽く振ってみると尾を引くように空中に光の軌跡を残した。その僅かな残滓にも強い力が籠っているのが分かる。

「凄いですね。これが天恵武姫の真の姿……！」

こうして握っただけでも、違いが分かる。

並の魔印武具はおろか、神竜フフェイルベインの竜鱗の剣ですら、これに比べれば可愛いものだった。

竜鱗の剣はイングリスの全ての霊素を受け取る器だったが――

エリスとリップルは違う。イングリスの霊素を受け取るだけでなく、増幅して返して来るのだ。

ティファニエに装着された時も感じたが――

自分の力が自分ではないくらいに、高まる……！

ロシュフォールがアルルを使う時、天恵武姫（ハイラル・メナス）の作用は彼（かれ）の魔素（マナ）を昇華（しょうか）させて疑似霊素（ダスティ・エーテル）と呼べる程に強化していたが、それと同じ現象がイングリスの身にも起きているのだ。

霊素（エーテル）の質も量も、半神半人の神騎士（ディバインナイト）の枠（わく）を飛び越（こ）えてしまう程に——

最早（もはや）今のイングリスは、半神ではなく七、八割方は本当の神に近いと思われる。

霊素（エーテル）までここまで増幅するとは、空恐（そらおそ）ろしいまでの器である。

神々が人に授ける聖剣（せいけん）というよりも、神々自身の武器に近い。

流石（さすが）、究極の魔印武具（アーティファクト）の名に偽（いつわ）りなしだ。

『す、すごい……！　すごいわ！　あなたから生命力が流れ出して来るのを感じない……！　これなら本当に、無事に私達を使えるかも知れない！』

エリスの弾（はず）んだような声が、頭の中に響いてくる。

『ボクもそうだよ……！　これなら行ける……！　行っちゃっていい！　イングリスちゃん！　もうメチャクチャにやっちゃって——！』

リップルの声もエリスと同じくらい、弾んでいた。

「では……！　お言葉に甘（あま）えます——！」

イングリスは一度、エリスの双剣を鞘に納めた。

そして、ぴっと指を立て、力を溜（た）めている虹の王（プリズマー）に向ける。

「霊素穿（エーテルピアス）！」

一発ではなく、連射。

それは最初は虹の王（プリズマー）に小さく傷を穿（うが）ち、すぐに効かなくなり、そして傷が回復して塞がってしまう。

天恵武姫（ハイラル・メナス）の力ではなく、イングリスの独力の霊素（エーテル）だ。結果は予想通りだ。

『耐性……！　傷が回復したわね――』

『イングリスちゃん、気を付けてね！』

二人の声が頭に響く。

「はい！　霊素弾（エーテルストライク）！」

『『えええっ!?　ちょ……っ!?』』

ズゴオオオオォォォォオオッ！

二人が止める間もなく、霊素弾（エーテルストライク）は虹の王（プリズマー）を直撃（ちょくげき）。

霊素（エーテル）の波長は、先程（さきほど）の霊素穿（エーテルピアス）と同じ――

つまり巨大（きょだい）な光弾（こうだん）を受けた虹の王（プリズマー）の体の損傷は見る見る回復。

あっという間に傷一つない、万全な状態に戻っていた。

増して行く体の輝度はより一層加速し、神々しくすらある。

もはや姿を直視するのも辛いくらいに、眩しく光り輝いている。

「よし！」

イングリスは満足気に頷いた。

『よし、じゃないでしょ……！　何を考えているのよ!?』

『た、確かにメチャクチャだけど、そういう意味じゃないんだけど!?』

慌てるエリスとリップルの声が聞こえる。

「いえ、他意はありません。あちらは傷ついていましたので、回復して差し上げたまでです。お互い万全でないと、公平な勝負とは言えません。只でさえ実質三対一ですし」

『いや、そんな事を言ってる場合じゃ――――！　あなたが全て守ってくれるんでしょう!?』

『ほら、時と場合ってあるじゃない？　今は真剣にやる時じゃないかなぁ……？』

「無論わたしは真剣です！　が、楽しまないとも言っていません……！」

『あああぁぁ――――！　そうだった、こういう子だったわ……！　凄く感動したのに！』

『ま、まあもうこうなっちゃったここからだよ！　ここからがんばろ！』

「うふふふ……！」

イングリスは嬉しそうな笑みを浮かべながら、改めてエリスの双剣を抜き放つ。

腰を落とし、剣をいつでも繰り出せるように身構えて――

「さあ、時には酔いしれてみましょうか……！　究極の力というものに！」

そんなイングリスの頭の中に、声が響く――

『酔いしれないわよ！　私達はあなたと違って好戦的じゃないって……』

『とことん付き合うよ、イングリスちゃん……！　見せてよ！　究極の力！』

『もう、リップルまで！』

『たまには虹の王を気持ちよく倒して、スカッとしたいじゃない！　エリスだってそうでしょ？』

『ま、まあ――それに越したことはないけれど……！』

「任せて下さい！　では、行きます！」

イングリスは一歩を踏み出す――

その一歩が、足元に光の輪のようなものを生み出す。

まるで水面に波紋が広がるようだった。

一歩、二歩――

踏み出すごとにイングリスの姿はその場から消え――

次の波紋が、虹(プリズマー)の王との距離(きょり)の中間位置あたりに現れた。

二歩でここまで進んだのだ。

無論、物理的に二歩の距離ではない。

だが二歩という事にした。

そのように霊素(エーテル)の流れを作った。作る事が出来た。

天恵武姫(ハイラル・メナス)の作用で、イングリスの霊素(エーテル)が昇華しているが故——半神半人の神騎士(ディバインナイト)からもう一歩、神域に踏み込(こ)んだが故の現象だ。

神は居ながらにして世界を見通し、そこへ行こうと思えば、どこにでも瞬時(しゅんじ)に赴(おもむ)く事が出来る。

神の目は人の目と同じ意味ではなく、神の一歩もまた人の一歩とは意味が違う。

自分の何気ない目線や、ただの一歩。

そういった小さなものの、世界に及(およ)ぼす比重を自在に操(あやつ)るのが真の神であり、真の霊素(エーテル)の力だ。

世界という器の中で一歩を早く、強くしたりするのではない。

器の方を書き換(か)えて、自分の一歩を無限大に早く、強い事にしてしまう。

それが真に万能(ばんのう)であるという事。真に霊素(エーテル)を操るという事だ。

イングリスの普段（ふだん）の霊素（エーテル）の使い方は、まだまだ洗練されていない、粗削り（あらけず）な力押（お）しでしかないという事だ。

世界という器を書き換える、真なる神の力――真霊素（ハイ・エーテル）にまではまだ至らない。

もっとも純粋（じゅんすい）な神々においても完全に完璧（かんぺき）ではなく、得手不得手があり真霊素（ハイ・エーテル）で全てを為（な）しえるのは、原初の、創世の神のみだろう――とは、イングリスを神騎士（ディバインナイト）とした女神アリスティアの言葉だ。

自分も完全ではなく、ゆえにイングリスの助けを必要とした、と。

今イングリスも、本当に僅かに過ぎないが、エリスとリップルのおかげで真霊素（ハイ・エーテル）の領域に足を踏み入れた。

それが、これ。一歩を十歩、百歩、千歩――

いや、力量次第（しだい）でどこまでも大きくしてしまう神行法（ディバインフィート）だ。

三歩目――イングリスは完全に回復した虹の王（プリズマー）の背後に立っていた。

「ごきげんよう」

笑顔（えがお）でぺこりと一礼すると、虹の王（プリズマー）は驚いたように振り向く。

「……!?」

『……！　距離が跳（と）んだ……!?』

『あ、あれ……!?　いつの間に……!?』

エリスとリップルも、神行法の動きに驚いている様子だ。

「ケシ――トベ……！」

虹の王は、修復された翼を羽ばたかせて高空へと飛び上がる。

あっという間に豆粒のような大きさに。凄まじい高速だ。

遠く小さくなった虹の王は、両手を大きく上に掲げる。

そして、星の煌めきのような体の輝きがふっと元に戻り――

それと引き換えに、怖ろしいまでに巨大な光球が、両手の先に出現した。

『な……っ!?　な、何なのあんな出鱈目な……！』

『あ、アールメンの街が丸ごと入る位大きいよ……!?　あ、あんなのどうにも……！』

激しい輝きは、先程まで虹の王の体を包んでいたそれと同じ。

この攻撃のために力を溜めていたのだろう。

なるほど時間をかけて練り上げる価値のある攻撃だ。

規模が桁外れである。

まるでもう一つの月。墜ちて来た彗星。そう言える程に巨大な、いや雄大な光景だ。

これが放たれて炸裂したら、まず間違いなくアールメンの街は跡形も無いだろう。

「「「お……おおおぉぉぉ…………!?」」」

「「「お、お……終わるのか……？　逃げ場など、どこにも……！」」」

「「「ど、どうしようもないのか……我等には……！」」」

あまりにも圧倒的な規模の攻撃に、アールメン内部の戦域から、そんな絶望的な声が聞こえて来た。

エリスやリップルすら畏れる程のものだ。仕方のない事かも知れない。

戦場の持っていた熱が、逆にスッと引いていくような静寂の中――

イングリスだけはにこにこと満足そうに、虹の王が生み出した超巨大な光弾を見つめていた。

「美しいものですね。それにとても猛々しい……問答無用で動くもの全てを消し去ろうというその心意気――それでこそです。やっと魔石獣の誇りを思い出して下さったようで、わたしは嬉しいです！」

『あ、あれを前によく笑っていられるわね……！　喜んでいる場合っ!?』

『し、しかもそんな純粋そうなキラキラした目でね……っ!?』

「実戦に勝る修行はありませんので……！　相手が強ければ強い程、それも捗るというものです！　さあ、来ます！」

イングリスの言う通り、虹の王（プリズマー）は掲げた両手を強く振り下ろす。

「クラエエエエエエエエエエエェェェッ！」

ゴゴゴゴゴゴゴゴゴゴゴゴゴゴゴゴ――――ッ！

地面に彗星が落ちて来るかのように、猛然（もうぜん）と光球が迫（せま）って来る。

炸裂する前から空気が震え光が迸（ほとばし）り、地面が激しく揺れて崩れて行く。

このまま全てが、世界が終わって行くかのような光景だ。

「ならば、こちらも――――っ！」

そこで、イングリスは初めて腰の後ろに装着されている黄金の銃に右手を伸ばす。

引金に指を掛（か）けつつ、右手を高く、銃口（じゅうこう）を光球の中心へと向けた。

「正々堂々、真っ向勝負……ッ！　行きます、リップルさん！」

『うん……っ！　こうなったら全身全霊でぶつかるしかない！　あれを何とか出来るか分からないけど、絶対に諦めないから……！　やろう、イングリスちゃん！』

さあ、究極の魔印武具（アーティファクト）たる天恵武姫（ハイラル・メナス）の力を見せて貰おう――！

「行けえええええええええええっ！」

『行けえええええええええええええっ！』

ズゴオオオオオオオオオオオォォォォォォッッッッ！

極大の光の奔流が、黄金の銃の銃口から放射された。
その幅は、こちらに迫る虹の王の光球にも匹敵するほど。
まるで地面から天に逆走する光の滝。美しい輝きを振り撒いて、夜空を劈いて行く。
それが天から降って来る彗星と正面衝突。
拮抗して鬩ぎ合う――こともなく、一気に光球を空に押し流し始める！

ズゴオオオオオオオオオオオォォォォォッッッッ！

勢いも轟音も全く衰える事なく、光が空に打ち上がって行く。
『な……っ!?　お、押し合いにすらならないの……!?　す、凄い……！』
『こ、こんなのはじめてだよ！　他の誰がボクを使っても、こんなの……っ！』
エリスとリップルは、その光景に唖然としている。

撃(う)ち返された光球は虹の王(プリズマー)の鼻先を掠(かす)めて、あっという間に通り過ぎていく。

「オオオォォォォォォ…………ッ⁉」

虹の王(プリズマー)も、跳(は)ね返されて行った光球を唖然と見つめている。

その視線の先で、超高空(ちょうこうくう)へと到達(とうたつ)した彗星と光の滝が爆発(ばくはつ)して消滅(しょうめつ)した。

カッッッッッッッ――――――――――！

爆発的(ばくはつてき)な光が膨(ふく)れ上がる。まるで太陽のように、地上を明るく眩(まぶ)しく照らす。

そしてその虹の王(プリズマー)の視界の中、輝く空から近づいてくる人影が。

「……⁉」

「いい攻撃(こうげき)でしたね？」

それは勿論、イングリスだ。

虹の王(プリズマー)の肩(かた)に飛び乗り、にっこりと微笑んでいる。

神行法(デイバインフィート)で、虹の王(プリズマー)より高い空に移動する事など造作もない。

一歩を青天井(あおてんじょう)に大きくする。大きい事になるように、世界の理(ことわり)を書き換える。

それが神たる者の移動方法だ。

「さあもっと戦いましょう……？」

まるで相手をダンスに誘うような、たおやかな笑顔と所作。

これが本当の夜会の会場で、相手が普通の男性ならば、イングリス程の絶世の美少女の誘いを断る者はいないだろう。

だが、虹の王はつれなかった。

「ヨルナァ…………ッ！」

イングリスを振り払うと、高速で地上へと降りて行く。

その向かう先、アールメンの街の防壁の上に、既にイングリスが立っていた。

エリスの双剣を握った両手を広げ、制止をする姿勢だ。

「それ以上街には近づかないで頂けますか？　あなたが接近するだけで危険ですので」

「……ッ!?」

虹の王はイングリスがいたはずの高空と、目の前のイングリスに交互に視線を向ける。
二、三度とそれを繰り返した後、虹の王は大きく羽ばたく。
かなり戸惑っている様子が、如実に見て取れる。

右後方――音はしない。音を置き去りにするほど動きが早いからだ。

あっという間に離れて行く虹の王の飛行軌道の先に、水面に波紋が広がるような光。光と共にイングリスの姿が先回りしていた。

「……っ!?」

虹の王が気配を察してびくりと反応する。

「ありがとうございま……」

イングリスが笑顔で街から離れてくれたお礼を述べようとすると――

ゴオオゥゥウッ！

虹の王が超高速で動いた衝撃が騒音となり、イングリスの言葉をかき消してしまった。

同時に砂埃が巻き上がり、視界を覆い隠して来る。

それを幸いとばかりに、虹の王は急旋回して別方向に切り返す。

だがその先にも、イングリスの笑顔が待ち受けていた。

「……ハヤ……!?」

ゴオオゥゥウッ！

その虹の王の驚きの声も、自分の動きの衝撃音でかき消されていた。

「はい？　何か仰いましたか？」

「ウオオオォォ…………ッ！」

虹の王は声を上げ、縦横無尽に飛び回り始める。

上下左右、四方八方。

音を超える速さで巨体が動き回るだけで、周囲に嵐のような衝撃が巻き起こる。

だがそんな中でも――イングリスは悉く虹の王の行く手に先回りを繰り返していた。

静かに、ゆったりと、一歩一歩が虹の王を確実に追い詰めて行く。

やがて虹の王は、息を乱すような仕草を見せながら、街の防壁近くで動きを止める。

「ナゼダ……！　ソンナニ……！　シズカニ……ハヤク……!?」

虹の王は、全力で飛び回る衝撃で嵐を巻き起こしている。

それを先回りし続けるイングリスの方は静かなもので、他に何も影響を出していない。

その事に虹の王は気づき、不気味で仕方がないようだ。

「わたしは走ったり飛び跳ねたりはしていませんので……これでも女性ですからね、多少はお淑やかにしようかと」

イングリスは極めてたおやかな笑みで応じる。

表情だけは、お淑やかを絵にかいたような美しさだった。

虹の王(プリズマー)以上の速さで物理的に動けば、当然周囲に巻き起こす影響はそれ以上になるだろう。それが世界の法則の中にあるという事。

だが神行法(ディバインフィート)は、その限りではないのだ。

イングリスの返答を聞いた虹の王(プリズマー)は、こちらに顔を向けたまま右の掌(てのひら)を街の方に向ける。

「ウゴク――ナ……！　コンド……コソ――ッ！」

もう一度同じ事を繰り返そうというらしい。

残念な事に、混乱した挙句にそこに戻ってしまったようだ。

とはいえ全く同じではなく、今度は動きを止めて握り潰(つぶ)すのではなく、離れて攻撃するくらいのつもりはあるだろうが。

だが――

「無駄(むだ)ですよ？」

イングリスがそう言った瞬間(しゅんかん)、虹の王(プリズマー)の右腕(みぎうで)に無数の光の筋が走る。

そしてバラバラに斬(き)り刻まれて、その場に飛び散った。

「オアアアアァァ…………ッ!?　キ……サマ――！」

それでも諦めず、今度は左手を街の方に突(つ)き出そうとする。

やはり余計な知恵を付けて楽を覚えると――よくない。

そんな付け焼刃の楽に頼ろうとせず、もっと魔石獣らしい殺意と攻撃性を剥き出しにして、最後の瞬間まで諦めずに向かって来て欲しいものだ。

「すみません、そちらも無駄です」

今度は虹の王の左腕が、右腕と同じくバラバラに砕けて行く。

「ゴアアアァァァアアアアァァァッッッ!?」

虹の王が仰け反って身を捻って咆哮する。

そしてその後方、街の郊外の地面や丘、更に遠く離れた山にまで――


バシュシュシュシュシュシュシュ――――ッ！


無数の閃光が疾走し、長く深く、膨大な破壊の爪痕を残す。

あっという間に景色が一変し、全てがズタズタに斬り裂かれていた。

遠くに響く鈍い音を立てて、山が中腹くらいから崩れ落ちて行くのが見える。

エリスの双剣による斬撃の余波なのだが、とてもその一言では片づけられない規模だ。

「……すごいですね、エリスさん！　わたしの想像以上です……！」

イングリスも正直驚いている。

余りにも天恵武姫(ハイラル・メナス)が強力過ぎる。

握るだけで、本当の神域に足を踏み入れる程にこちらの力を増幅してくるとは。

本当に究極の力——酔いしれるに足る力だと断言できる。

『う……あ……わ、私が斬ったの⁉　わ、分からなかった……！　何よこれ……！』

最も、当の本人にはよく理解できていない様子だが。

だが最も驚き、恐怖(きょうふ)に慄(おのの)いているのは——他でもない虹の王(プリズマー)である。

「オ……オ……！　オソロシイ……！　ハジメテ……！」

それも人に近くなってしまったが故かも知れない。

虹の王(プリズマー)は身を震(ふる)わせ後ずさりをすると、全速力で飛び上がって行く。

「待って下さい、戦いはまだ終わっていませんよ？」

イングリスは神行法(ディバインフィート)でその上に回り込む。

「オソロシイイィッ！」

しかし虹の王(プリズマー)はイングリスを振り払い、更に上へと。

半狂乱(はんきょうらん)になり、周りが全く見えていないようだ。

「落ち着いて……！　冷静に戦いましょう……！」

更に神行法(ディバインフィート)。虹の王(プリズマー)の頭上へ。

それも振り払って、虹の王(プリズマー)は一心不乱に上へ上へ。

何度も繰り返すうちに、雲をも突き破り、遥か遠い空に何か浮かんでいるものが目に入る。あれはもしかして、天上領(ハイランド)だろうか。

その高度まで昇って来たのだ。

これはもしかしたら、不味いのかも知れない。

あちらからこちらが観測できていたら、大騒ぎになっている可能性がある。

「オソロシイ、オソロシイ、オソロシイイイイィィィイッ！」

「大丈夫、大丈夫ですから……！　もう見えないような攻撃はしませんから、下に戻ってゆっくりと……！」

「オアアアアアアアアアアアアアアアアアッ！」

しかも都合の悪い事に、方向転換して天上領(ハイランド)の方に向かって行く。

『天上領(ハイランド)……!?　まずいわ、止めないと――！』

『あ、後でどうなるか分かったもんじゃないよ！　イングリスちゃん……！』

「――仕方がありませんね……！」

神行法(ディバインフィート)。

やはり実戦に勝る修行はなく、大分使い慣れて来た。

空に水面の波紋のような光が広がり――

虹の王の頭上に出現したイングリスは、エリスの双剣の柄を虹の王に向け、振り上げる姿勢になっていた。

「はあああああぁぁぁぁっ！」

左右の剣の柄を、同時に虹の王に叩きつける！

ドゴオオオオオオオオオオォォォォォォンッ！

天上領にまで響くであろう轟音、空を震わせる。

虹の王の体は空を逆に突き破り、真っ逆さまに落下を始める。

あっという間に豆粒のように小さくなって行く虹の王。

次の瞬間、小さくなったその姿が今度はどんどん視界の中で大きくなって行く。

虹の王が戻って来るのではなく、イングリスが虹の王の落下点に先回りしたからだ。そこは元の、アールメンの街の郊外。

言わずもがな、その足元にも光の波紋が広がっている。

イングリスは双剣を鞘に納め、黄金の銃を抜(ぬ)き、銃口を天へと向ける。

そこまで狙(ねら)いをつける必要はない。ちらりと夜空を見上げるだけで十分。

標的は勝手に、こちらの銃口に向けて落ちて来る！

「さようなら――――！」


ズゴオオオオオオオオオオオオォォォォッッッッ！


再び空に向けて逆流して行く光の滝。

それが虹の王(プリズマー)の全身を包み、ぼろぼろと崩れ落ちるように、消滅させていく。ものの数秒で、もはやその姿は跡形も無く――

あるのはただ――光が昇って行く美しい光景だけだった。

「次はくれぐれも魔石獣としての誇りを忘れずに……また、生まれて来て下さいね？」

イングリスは夜空に向かって、惜別(せきべつ)の微笑(びしょう)を向ける。

それに応じる者は、勿論(もちろん)誰(だれ)もいなかった。

そして――

「……ふう、さすがに疲(つか)れたなぁ」

イングリスは近くに転がっている岩塊を背に、ぺたんとその場に座り込む。

さすがに限界だった。

元々の重傷、それに武器化した天恵武姫を使った全力の戦いは、負荷が大きかった。

言葉通り究極の力に酔いしれる事は出来たが、だが――

「戦いには勝ちましたが、勝負には……あなたの力量には感心しましたよ」

もう跡形もない虹の王を、そう称賛する。

イングリスとしては、エリスやリップルを単なる武器とは思えない。

つまり、二人を使って戦うという事は、三対一で戦ったという事。

自分の感覚としては、正々堂々の手合わせとは少し外れる。

出来るだけ避けたかった事だ。

その前までの一対一の戦いでは、正直言ってこちらが追い詰められていた。

やはり一対一の正々堂々の勝負で頂点に立たないと、武の極致に至ったとは言えない。

ラフィニアのためなら信念を曲げるのも辞さないが――

如何に究極の魔印武具の力にも酔いしれて、いい経験だったとはいえども、少々苦いものも残る勝利だった。

まだまだ未熟。

天恵武姫(ハイラル・メナス)抜きの虹の王(プリズマー)単独撃破(げきは)に向けて、これからより一層修行に励(はげ)まねばならない。

身に着けた双剣と双銃身の銃が輝(かがや)きを発し、その形を変化させる。

エリスとリップルが、元の人の姿に戻ったのだ。

『はは――ボク、あんなに凄かったっけ……見た事もない弾が飛んで行ったけど……』

『ええ、驚きよ。もう虹の王(プリズマー)の跡形もないわね……』

「エリスさん、リップルさん。お疲れさまでした。ありがとうございます」

イングリスがぺこりと頭を下げると、二人とも満面の笑みで応じてくれる。

「こちらこそ――本当によくやってくれたわね……！」

「ありがとう！　本当にありがとね！　イングリスちゃん！」

リップルはあまりの興奮で、イングリスに飛びついてくる。

それを受け止めきれず、イングリスは大の字に寝転(ねころ)んでしまった。

元々座っているのも辛(つら)かったところだ。

「わ……！　だ、大丈夫!?　イングリスちゃん」

「はい、ですが……さすがに少し疲れてしまったみたいです……」

そんなイングリスの頭を、そっと持ち上げる手。

「エリスさん？」

エリスがイングリスに膝枕をしてくれたのだ。

「こんな事くらいしか出来ないけど、ゆっくり休んで頂戴」

「はい、ありがとうございます……」

疲労感と急激に襲ってきた眠気で、イングリスは目を閉じた。

「イングリスちゃん……!?　だ、大丈夫だよね……!?」

リップルは慌ててイングリスの胸元に耳を当て、鼓動を確かめる。

武器化している際の自分達の感覚としては、イングリスの命が失われて行く様子はなかったが、それが勘違いであったらと心配になったのだ。

「え、ええ……！　大丈夫、息はあるわ……！　本当に眠っているだけみたい」

エリスもイングリスの呼吸を確かめ、ほっと一息。

「よかったぁ……でも何か、こんな可愛い寝顔見てたら、ボクも眠くなっちゃう」

「そ、そうね……私も……」

武器化はエリスにもリップルにも疲労にはなるのだが――

二人ともかつてない程の激しい消耗を感じていた。

イングリスが自分達を使って叩き出した力は、余りに強力過ぎた。

その影響かも知れない。

エリスとリップルの意識もそこで途切れてしまい――

その三人の元に駆けつけたのは、ラフィニアだった。

「クリス！　エリスさん、リップルさん……！」

折り重なるようにして眠る三人の様子を、ラフィニアは確かめる。

「よ、良かった、眠ってるだけみたい。でも……！」

問題が一つある。

背後、アールメンの街の方向からは――

「うおおおぉぉおおおおおおおっ！」

「虹の王は倒れたんだ！　こんなとこで死ねるかッ！」

「ああ！　これを凌げば俺達の勝ちだ！」

戦いの喧騒がまだ、響いてくるのだ。

虹の王が消えても生み出された無数の魔石獣の大軍はまだ健在。

決してここで油断は出来ない状況である。

だがイングリスもエリスもリップルも、深く寝入っていて起きそうにない。

それからイングリスが昏倒させたラファエルも、まだ起きてくれそうにない。

――ならば自分が、皆の分までやるしかない。

「クリス……！　本当にいつもありがと！　後はあたしが頑張るからね……！」

ラフィニアは眠るイングリスを一度ぎゅっと抱きしめると、アールメンの街の方向に視線を向ける。

そして、戦場へと駆け出した所で――

ふと頭上に、大きな影が差すのを感じる。

「ラフィニアーーーーー！」

「ラフィニアさんっっっっ！」

「ラフィニアちゃ～～～ん！」

上から響く声がする。よく聞き覚えのある声だ。

「レオーネ！　リーゼロッテ！　プラム！」

見上げるとそこには――大きな竜の背に乗っている、三人の姿が。

「りゅ、竜さん……!?」

姿形はよく似ている。

が、神竜フフェイルベインは天上人のイーベルに体を乗っ取られ、機神竜に変化して天上領に帰って行ったはずだ。

それに、フフェイルベイン本人？　に比べればかなり体は小さい。

大人と子供といったところだ。

「大丈夫かよ⁉　遠くから見てなんかとんでもねえ光が空に飛んでったぞ⁉」

竜がそんな言葉を発する。

「えぇぇぇぇぇぇぇぇっ⁉　ラティ⁉」

その声は、確かにラティのものだった。

一体何がどうなって――⁉

「おう、そういう事だ……！　あっちは片付いたんで、飛んで助けに来たぜ！」

「な、なんでそんな事になっちゃって……⁉　いえ、それより！　クリスがエリスさんとリップルさんと一緒に、虹の王を倒してくれたの！」

「さっき見えた物凄い光は、それだったのね……！」

「光が滝のように、空に逆流して行くみたいでしたわね！」

「じゃあちょっと、遅かったんですか……！」

「ううん、遅くないわ！　その後、三人とも疲れて気を失って！　見て、街の方！　まだ魔石獣がいるの！　あれを倒さなきゃ！　クリス達は寝てるし、手伝って！」

「よし、任せろ！　お前も乗れよ！　まだまだ乗れるぞ！」

「ありがと！　クリス達もお願い！　それからラファ兄様も！」

「ラファエル様も⁉　大丈夫なの⁉　まさか虹の王の攻撃で……⁉」

「い、いや……兄様は、そのぉ――クリスが……」

「えぇっ⁉　な、仲間割れをなさったのですか……っ⁉」

「し、仕方なかったのよ！　とにかく急ぎましょ！　せっかく虹の王を倒すところまで来たんだから！」

「ええ、勿論よ！　後はあたし達で何とかするのよ！」

「ええ、勿論よ！　ここまでアールメンを守ってくれて、感謝しかないわ……！　今からだけど、私も全力を尽くすわ！」

レオーネはラフィニアの言葉に強く頷き、表情に闘志を漲らせる。

「気合いが入っていますわね、レオーネ！」

「ええ……！　この街には、いい事も悪い事も沢山あったけど――生まれ育った場所だもの……！　少しでも何か、役に立ちたい！　レオンお兄様の分まで――！」

レオーネがそんな事を言うという事は、レオンとはちゃんと話せて、少しは仲直り出来たのだろうか。そうである事をラフィニアは祈る。

「よしじゃあ行くわよ！　みんな！」

ラフィニア達を乗せた竜のラティは、アールメンの街中の戦場へと突入して行った。

第7章 ◆ 15歳のイングリス　虹の王会戦　その5

カーラリア王国、王都カイラル。王城――

爽やかな早朝の空気に満たされる中、客室の扉が勢いよく開く。

「よーし、今日もいっぱいごちそうを食べるのよ！」

ラフィニアは元気よく伸びをする。

「そうだね。せっかくだから、とことん楽しまないとね」

イングリスも笑顔でラフィニアに応じる。

アールメンにおける虹の王撃破の戦勝の祝宴が、連日王城で催されているのである。

虹の王の復活は国の一大事。

そしてその完全な撃破は、歴史に残る偉業である。

国中の王侯貴族が祝いのために王都へと集い、勝利の立役者であるイングリスとラフィニアは、連日宴に引っ張りだこだった。

そのためアカデミーの寮の部屋に帰る間も無く、ここ数日は王城の客室を借りて寝泊まりしている。

同じような内容のご機嫌伺いにお愛想する行為を繰り返すのは面倒だが、宴席のごちそうをお腹一杯食べ尽くす行為を繰り返すのは全く飽きない。

今日は肉か魚かどちらを中心に攻めようか、実に嬉しい悩みである。

「おはよう。今日も元気ね――」

客室を出てすぐの所に、エリスが立っていた。

イングリスとラフィニアが出てくるのを待っていた様子だ。

エリスにしては柔らかい笑みで、こちらを迎えてくれる。

「「おはようございます」」

イングリスもラフィニアも笑顔で挨拶を返す。

その後、ラフィニアがきょとんとした顔をする。

「エリスさん、もう三日も続けて……クリスの事心配してくれてるんですね！」

「え、ええ……怪我もしたみたいだし、何より私とリップルを使った反動が出ないかは、まだ心配だから」

「ありがとうございます、エリスさん。ですがわたしはこの通り元気ですし、後遺症もありませんよ。安心して下さい」

「分かっているのだけど……ね。どうしても……ごめんなさいね、迷惑だとは思うけど」

「そんな事は――」

と、イングリスが言う前にラフィニアが前に出た。

「そんな事ないですよ！　あたし、毎朝エリスさんの顔が見られて嬉しいです！」

「そ、そう？」

その勢いに、若干エリスも押され気味だ。

「はい！　エリスさんってキレイだし、前より表情が明るくなった気がするから。そういうの、見てて嬉しいです」

ラフィニアの屈託のない笑顔がイングリスには何より輝いて見える。

人を見ていないようで、見ている。自然と寄り添っている。

イングリスにとっては、自慢の孫娘だ。

「エリスさん、わたしもラニと同じ気持ちです」

「そ、そう――？　ありがとう」

確かに前より、エリスの笑顔が増えた気がする。

「よし、じゃあレオーネ達と合流しに行こ！」

「うん、そうだね」

レオーネ達は寮にいるが、今日は王城の宴に参加する予定だった。

アルカード方面での戦いを終え、レオンからアールメンが戦場になりそうだという事を聞き、すぐに駆けつけて来たらしいのだが——

イングリスが虹の王を撃破した後の、残存していた魔石獣の大軍の掃討戦に間に合い、そこで目覚ましい活躍をしたようだ。その戦功を認められたのである。

その戦いの途中でラファエルも目を覚まし、結果的には魔石獣を一番撃破したのはラファエルだったようだ。

虹の王を撃破した手柄は、イングリスとエリスとリップルの天恵武姫二名に、そしてそれを指揮したラフィニアに。

魔石獣を最も多く倒した手柄は、聖騎士のラファエルに。

上手く手柄を分散出来て、ラファエルやエリスやリップルの立場を悪くする事はないだろう。

イングリスとしてはあくまで独力で虹の王を倒したかったのであって、天恵武姫を使わざるを得なかったのは想定外だが、事後の状況においては、この方が良かったかも知れない。

それにレオーネ、リーゼロッテ、ラティやプラムの騎士アカデミーの面々も大活躍を認められたようだ。無論それを指揮していたミリエラや、シルヴァにユアも。

　レオーネはアールメンの街のために戦って守る事が出来て満足そうだったが、意外と重要なのはラティの行動である。

　あちらの状況を置いてこちらに来たのは反対も多かっただろうが、ここで手柄を立てておいたのは政治的に大きいと思われる。

　アルカードとしての、カーラリアへの誠意を示す行動と見做す事が出来るからだ。

　これからカーラリアとアルカードの間では今後の関係について話し合われる事になるだろうが——

　少なくとも事を穏便に済ませたい勢力にとっては、ラティの行動と手柄を根拠として、アルカード側に穏便な対応をと主張する事が出来る。

　あちらも態度を改め、虹の王との戦いに協力した、と。

　ラティがそこまで考えてレオーネ達を運んで来たかは分からないが——

　ともあれ、状況は良い方向に転がりつつあると言えるだろう。

「ではエリスさん、また宴の席で」

「ええ、今日も楽しむといいわ。いつもあれだけ食べて、よく平気だなとは思うけど」

「あ、そうだエリスさん！　あたし、いいこと考えました！」

ラフィニアが目を輝かせてぽんと手を打つ。

「？」

「どうしたの、ラニ？」

「エリスさん、宴には出席してるけどずっとその恰好（かっこう）じゃないですか！　たまにはあたし達と一緒に、ドレスを着ませんか⁉」

ラフィニアの指摘（してき）の通り、宴に出席するイングリス達はドレス姿だが、エリスはいつもの服装と変わりない。

騎士衣装（きしいしょう）なので別に不自然ではないし、華（はな）やかさもあるのだが――たまには違（ちが）ったエリスを見てみたいという、ラフィニアの気持ちも分からなくはない。

「えぇっ⁉　い、いいわよ、天恵武姫（ハイラル・メナス）はそういうものじゃ……」

「でも女の子だし、お洒落（しゃれ）は大事です！　あたし、エリスさんのドレス姿を見てみたいです――！　きっとクリスにも負けないくらいキレイですよ……！　うんうん！」

ラフィニアの目がどんどんキラキラ輝いていく。

「ラニは人を着飾（きかざ）らせるのが好きですから――お付き合い頂けると助かります、エリスさん」

「で、でも、見世物のようになるのは……」

「いいえ、エリスさん。着飾るのは人に見せるためではなく、自分で楽しむためです！　だから、私も着飾るのは好きですよ？　一緒に楽しみませんか？」

「……う、うーん――」

悩む仕草を見せるエリス。

どうやら、取り付くしまもないと言うわけではなさそうだ。

イングリスはさらに続ける。

「天恵武姫(ハイラル・メナス)とはいえ、少しは楽しんでも良いと思います。少なくとも、わたしがこうしている限りは」

「……そうね、分かったわ。あなたがそう言うなら」

と、その右手をぐいっとラフィニアが引っ張る。

「よっし！　いいわよ、クリス！　じゃあ早速(さっそく)レオーネ達と合流してドレスを見立てに行くわよ！」

「わっ……!?　ちょ、ちょっと待って――！」

「善は急げです、行きましょう！」

イングリスはエリスの左手を引いて、王宮の廊下(ろうか)を駆け出した。

そして宴の前の、王城内の支度(したく)部屋で――

「こ、こんなの……リップルには見せられないわね……」

濃い青色のドレスに身を包んだエリスが、姿見の前に立っていた。

ドレスを見立てたのも、花飾りを挿して髪を結い上げたのも、ラフィニアである。

「わ～♪　エリスさんやっぱりクリスに負けてないっ♪　何て言うか凄い気品があって、どこかのお姫様みたいですね」

「本当にそうね――」

「見惚れてしまいますわねえ……」

レオーネとリーゼロッテも憧れの眼差しでドレス姿のエリスを見ている。

エリスの見た目は、年齢的には二人よりも少し上だ。

二人にとっては大人の女性の魅力を漂わせるエリスに、強く憧れるのである。

そういう光景を見ているのは、イングリスにとって微笑ましい。

そして、別の姿見に映る自分の姿も微笑ましい。今日も満足な仕上がりだ。

「あ、ありがとう――あなたも髪を結うのがとても上手ね」

「はいっ！　クリスですっごい練習しましたから！　でも残念だなあ、これだけ綺麗なんだからリップルさんにも見て貰いたかったのに」

「いいえ、いいわ……今日の事も内緒にしておいて。変に冷やかされても嫌だし」

リップルは戦いの事後処理の都合で、まだ王城に戻って来ていない。

明日には戻るらしいが、間が悪かった。

「え？　なーに～？　ボクの事呼んだ？」

支度部屋の扉が開いて、リップルがひょこんと顔を覗かせていた。

「リ、リップル⁉　あなた、戻って来るのは明日じゃゃ……」

「ちょっと早く終わってね～。思ったより被害少なかったし。みんなここにいるって聞いたから、来てみたんだけど……っておおぉぉぉっ⁉　ど、どうしちゃったのエリス……⁉エリスがドレス着てるなんて⁉」

「ま、まあ、この子達に勧められて……ね」

「お～！　いいじゃんいいじゃん、似合ってるよ、エリス！」

リップルはニコニコとエリスに近づいて、ぺたぺたと色々な所を触り出す。

「たまにはこういうのもいいよね、何せ初めてだもん虹の王を倒してちゃんと喜べるのって……！　まあ、ボクより先にエリスがハメ外してるのは予想外だったけどね～？　普段のエリスだったら怒るよね？　浮かれてる場合じゃないって」

「い、いいでしょ……！　今回は特別！　本当に特別な事が起きたんだから……！」

「ま、そうだね。でもマジメなボクはきっちりこの服で参加するからね～。あー、ボクもカワイイ格好してはしゃいで楽しみたかったなあ、祝勝パーティ」

リップルがそう言って肩をすくめると――にやりとエリスが笑った。

「言ったわね……！　じゃあ望み通りにしてあげてっ！」

「はいっ！」

ラフィニアがニコニコ笑って、リップルを捕まえた。

「はい、リップルさん！　こっちに来て下さい……！　着替え、手伝いますから！」

「え、え……？　何、ラフィニアちゃん――!?」

「こんな事もあろうかと、あなたの分も用意しておいたわよ――！」

「ラニに全部任せましょう、リップルさん？　着飾るのは楽しいですよ？」

「尻尾もリボンで飾っていいですか？　きっと可愛いから……！」

「へ……ひゃんっ!?　く、くすぐったいよぉ、ラフィニアちゃん……！」

「お洒落ですから！　お洒落には我慢も必要なんです！」

そして――

「わ～♪　リップルさん、可愛い～♪」

こちらは淡い橙色のドレスと、可愛らしいリボンで耳や尻尾まで飾られたリップルがそこにいた。

　エリスは美しさの際立つ大人の魅力と言う感じだが、リップルは愛嬌たっぷりで、快活な可愛らしさが際立っている。どちらもそれぞれに、魅力的だ。

「そ、そう……？　どこもおかしくないかなあ――？　あんまりこんな格好しないから、新鮮だけどなんか不安だよ……？」

「心配はいりません。よくお似合いですよ」

「イングリスの言う通りです！」

「そうですわ！」

　イングリスがリップルを勇気づけると、レオーネもリーゼロッテも頷いて同意する。

「そ、そう……？」

「似合っていると思うわよ、リップル。まあ、こうなってしまったんだから、今日は覚悟を決めて楽しみましょう？」

「はははっ。エリスがそんな事言えるようになるなんてねー」

　と、リップルは愛嬌たっぷりに笑みを見せ――

　ぎゅっとイングリスの腕を取った。

「ありがとね、イングリスちゃん。キミのおかげで、今日は楽しんでいいんだって思えるよ！」

「本当にリップルの言う通りね——こんな時間がくるなんて、思わなかったわ。ありがとう……じゃあ、行きましょう？」

「はい！　一緒に食べて食べて、食べまくって楽しみましょう……！」

イングリスの目がキラリと光る。

「いや、私達はそんなに食べられないから……！」

「そ、それはラフィニアちゃんと二人でやって貰えると……」

エリスとリップルに左右を付き添われて、イングリスは支度室の外へと向かった。

それから一月程経ったある日——
イングリスとラフィニアの姿は、星のお姫様号の機上にあった。透けるような青空と草原とが、何とも心地よい景色と空気を彩っている。
そんな中で見えて来たのは、城塞都市ユミルの防壁と、その中の街並みだった。
「うわああ～～！　見えて来た、見えて来たよ、クリス……！　なんかすっごい懐かしいね～～♪」

「そうだね、ラニ。でもこんな空からユミルを見るのも初めてだから、何だか新鮮だね」

「うんうん、そうよね！　あ～！　何か月かしか経ってないはずなのに、何年かぶりって感じ！」

「色々あったからね？　虹の王とも戦えたし、いい体験だったね？」

「いや、あれはもう思い出したくないわよ……！　でも何か、ユミルに帰ってきたらもう安心って感じ！　これぞ実家のような安心感ってやつね！」

「ははは、まあ本当に実家だし、たまにはゆっくりしようかな。最近ちょっと騒がしかったし」

イングリスとラフィニアがユミルに帰って来たのは、騎士アカデミーが休暇に入ったからである。要するに里帰りだ。

本来の予定通りの休暇なのだが、その前は身の回りが色々と騒がしかった。

虹の王の撃破という歴史的慶事の立役者とされたイングリスやラフィニアは、すっかり王都では有名人になってしまっていたのだ。

恐らく国中に、その名声が鳴り響いてしまった事だろう。

ラファエルや聖騎士団の名誉を潰さないためにも、そうする事を判断したものだが、仕方がないとはいえこの先少々不安である。

近衛騎士団長の役目は非常勤だと最初に強く断っていたため、政治や軍事の表舞台に引き上げられるような事はなく、騎士アカデミーの一生徒のままでいられそうだが――

それもイングリスに理解のある、カーリアス国王や本来の近衛騎士団長レダスのおかげであり、今後はどう転ぶか分からない面もある。

「そうね、じゃあ早くゆっくりするために急ぐわよ！　加速モード！」

「はいはい、じゃあ、行くね！」

星のお姫様号は一段と加速し、程なくビルフォード侯爵家の城へと辿り着く。

庭に着陸すると、空を飛ぶ星のお姫様号を見つけた母セレーナと伯母イリーナが既に待っていてくれた。

「クリスちゃん！」

「ラフィニア！」

「母上！」

「お母様っ！」

と、全員が満面の笑みで久しぶりの対面に喜んで――

「母上……」

「お母様……」

イングリスもラフィニアも、同時に気になって尋ねていた。

「何を持っていらっしゃるのですか？」

「なあに、それ？」

母セレーナと伯母イリーナも、何束もの冊子のようなものを持っているのだった。

「ああ……」

「これね――」

母と伯母は満面の笑みを浮かべて、こう言うのだった。

「お見合いの申し込みよ！　こんなに沢山！」

「はぁ……!?」

「わぁ――どんな人どんな人!?」

顔を歪ませるイングリスと輝かせるラフィニアの反応は、まるで正反対だった。

番外編◆新たなる備品

連日の王城での宴が一段落した、ある日の朝。

イングリス達も今日から、騎士アカデミーの授業に復帰する事になった。

この通常の制服に身を包むのも久しぶりだ。

「久しぶりに食堂のごはんも堪能したし、何か帰って来たって感じよね！」

「そうだね。王宮の料理も美味しかったけど、アカデミーの食堂の料理もいいよね」

「久しぶりに食堂のおばさん達があたふたしていたわね……」

「懐かしい日常の風景でしたわね――朝から見ているだけで胸焼けが……」

笑顔のイングリスとラフィニア。

レオーネとリーゼロッテはうーんと唸っている。

「それはどこにいても一緒だけどな……」

「でも、何だか平和が戻って来たって感じで嬉しかったですよ？」

ラティはため息をつき、プラムは微笑んでいた。

二人は近日中に王都で行われるアルカードとカーラリアの会談に同席するため、まだ王都に残っている。

が、それが済めばアルカードに戻る事になるだろう。

騎士アカデミーに在籍していられるのも残り僅か、という事のようだ。

「まあなぁ……すげー懐かしい気はしたよ、色々あったからな」

少々しんみりした空気を出すラティとプラムの背中を、ラフィニアがバンバンと叩く。

「せっかくみんなで戻って来られたし、元気出して楽しんで行きましょ！　今日は朝から特別集会でしょ？　何か面白い事があるのよ、きっと！」

「いやあ、そりゃどうだろうな。またとんでもねえシゴキが待ってるんじゃねえか？」

「うーん……機甲鳥ドックまでのランニングは嫌です――」

「初心に返って、改めて基礎訓練も悪くないね。あ、そうだラティ。走る時、竜に変身してわたしの背中に乗ってくれない？　いい重りになりそうだから」

超重力の負荷に、小型とは言え竜の体重。中々いい訓練になりそうである。

「やだよ！　滅茶苦茶目立つし、どうせ変身するならお前と競争して勝ってやる！　最後に一回くらい俺が勝ってもいいはずだろ？」

「それは面白そう。じゃあ勝負だね？」

「おう、やってやるぜ……！」

などと言いながら、寮から集合場所の校庭に向かうと――

「みなさ～～ん！　おはようございますっ♪」

満面の笑みのミリエラ校長が皆を待ち受けていた。

「今日はみんなで、王城に向かいますよぉ！」

「「王城に……!?」」

「「中を見学させて貰えるのかな？」」

「「ひょっとしたら国王陛下にお会い出来るかも……!?」」

アカデミーの生徒達が、ざわざわと囁き合う。

「いえいえいえ！　そんな事よりもっといいものですよぉ！　ふふふふふっ♪」

ミリエラ校長の目はキラキラと輝いている。

ただ、カーリアス国王との面会をそんな事呼ばわりは少々問題かも知れないが。

表情や口調を見るに、余程興奮しているのだろう。

「校長先生、いいものって何ですか？」

「騎士アカデミーに新しい備品を頂ける事になったんですよお！」

「「備品？」」

「はい、じゃあしゅっぱーつ！」

王城までの道をラティと競争し、イングリスは勝利した。

そして――

「「「こ、これが新しいアカデミーの備品……!?」」」

「「「おおおぉぉぉぉ！」」」

生徒達から歓声が上がる。

それは、王城の周りを巡る太い水路に不時着している飛空戦艦だ。

ヴェネフィク軍の将軍ロシュフォールが、王都を急襲する際に率いて来たものだ。

イングリスが攻撃をして、この水路に墜落させたのである。

「そうです！　ヴェネフィク軍から鹵獲したものですが、騎士アカデミーの方で修繕して使って良いとの許可を頂きました！　うふふふ♪　これは夢がいっぱい広がりますねえ、ずーっと欲しかったんですよお、天上領の飛空戦艦！」

喜色満面のミリエラ校長は、イングリスの両手を取ってぶんぶんと振る。

「完全に破壊せず鹵獲してくれてありがとうございます、イングリスさん！　おかげでアカデミーの設備が充実しまくりですよお！」

完全にお気に入りの玩具を手に入れて喜ぶ子供のようである。

「ははは——わたしも飛空戦艦の技術には興味がありますから、大歓迎です。ですがよく騎士アカデミーに引っ張って来られましたね。他に欲しがる所もあったでしょうに……」

聖騎士団や近衛騎士団に配備してもいいし、他に大貴族が抱えている個別の騎士団でも欲しがる所はあるだろう。とても大きな戦力であるのは間違いない。

「そこはやっぱり今回一連の事変で一番のお手柄はあなたですし、そのあなたを擁しているのは騎士アカデミーですからねえ、食堂のごはんをタダで食べさせている甲斐があったというものです！」

「なるほど、持ちつ持たれつですね」

「はい、ふふふ——それに正式な軍に組み入れてしまうより、ヴェネフィクや天上領への角も立ち辛いという事ですね。アカデミーは他国からの留学生も受け入れますから、カーラリアのためだけではないとする事も出来ます」

確かに、それはそうだろう。何事も名目を立てておくのは大事だ。

他国からの侵入や、蘇った虹の王の脅威を撃退して終わりではなく、その先の現実は常に動き続けている。そういう事である。

「それに……これが上手く修理出来て運用できるようになったら、もっと別の事も出来るかもです。実はこれ、歴史的な事かも知れませんよお？」

「歴史的、ですか――まあわたしとしてはこれが修理出来たら、世界中の虹の王(プリズマー)を探して倒(たお)しに行く武者修行(むしゃしゅぎょう)授業などを希望したいところです」

イングリスの目も、ミリエラ校長に負けず劣(おと)らず輝(かがや)いている。

「わ、わぁ――世界平和が近づきそうですねえ」

「い、嫌よそんなの！　あたしも付き合わせる気でしょ……!?」

「きっと楽しいよ？」

「楽しくないわよ、怖(こわ)いわよ！　そんな事より校長先生！　あの船のヴェネフィク軍の紋(もん)章(しょう)は上から色を塗(ぬ)って消すんですよね!?」

ラフィニアの目も、別の意味で輝いていた。

「あ、はい。それはそうですね、塗装(とそう)は変えないとですね」

「やった！　聞いた？　プラム……!?　色塗っていいって！」

「わあ……！　あれだけおっきな船ですから、色々描けそうですね――！」

星のお姫様号(スター・プリンセス)を鮮(あざ)やか過ぎるピンクに塗装し、キラキラと星が散るような乙女(おとめ)チックな目を描(えが)いた犯人達(たち)が、嬉しそうに顔を輝かせていた。

「…………」

誰(だれ)も好きに塗っていいとは言っていないような気がするのだが――

「最後の思い出づくりに、頑張ってすっごく可愛くしましょ！」

「はいラフィニアちゃん！　一生の記念にします！」

そういう事を言い出されると、イングリスとしては止め辛い。

まあ、元々ラフィニアが強く望めば、反対するつもりもないし出来もしないのだが。

外装はラフィニア達に任せて、自分は中身を好きにいじらせて貰えればそれでいい。

「い、イングリスさん、止めて下さいよお」

「いえ、わたしには出来ない事です」

ミリエラ校長に袖を引っ張られるが、イングリスは瞑目して首を振る。

祖父というものは、可愛い孫の我儘には逆らえないものである。

「ま、まあまあラフィニアさんもプラムさんも……今日はまずこの船自体をボルト湖の機甲鳥ドックに運搬する作業がありますから――」

と、そこに、その場の生徒達に呼びかけるように現れる人影が。

「よォ騎士アカデミーの諸君。お集まり頂いたなら、さっさと作業に移るべきだと思うがなァ？　さもないと日が暮れちまうぞォ？」

聞き覚えのある声、特徴的な喋り方。

そちらを振り向くと、思った通りの赤い髪の青年が姿を現していた。

が、その恰好は依然見たヴェネフィク軍の軍装ではない。

騎士アカデミーの教官達のものだ。

そしてその隣には、猫のような耳と尾をした、髪の長い獣人種の少女の姿が。

とても大人しそうで、淑やかそうな印象だ。

彼女も同じ、騎士アカデミーの教官達の服装だ。

「ロシュフォールさん!?」

「アルルさん!?」

声を上げるイングリスとラフィニアに、ロシュフォールはにやりと笑う。

「クククッ。そこの女生徒二名、教官侮辱罪で減点だなァ？」

「「……っ!?」」

「ろ、ロス……止めましょう？　いきなりこんな事になっていたら、驚くのも無理はないと思います」

と、苦笑しながらアルルはロシュフォールを止める。

「ロシュフォール……アルル……その名前って確か――」

「イングリスさんとラフィニアさんのお話に出て来た、ヴェネフィク軍の聖騎士と天恵武姫のお名前でしたわね……！」

「「「えええええっ!?」」」

レオーネとリーゼロッテの言葉に、周囲の生徒達から驚きの声が上がる。

「え、ええ……！　今日から騎士アカデミーの臨時教官をお願いする事になりました。でも大丈夫ですよお！　国王陛下からの正式なご下命ですし、ウェイン王子も賛成なさっていますし、私も事前に面談させて貰って――」

と、ロシュフォール達をとりなそうとするミリエラを差し置き、ロシュフォールは生徒達に向け深々と大げさに一礼する。

「よろしくなァ。諸君。ま、生き残ってしまったものは仕方があるまいよ。生き続けるために、ここで食い扶持を稼がせて頂くぞォ？」

ロシュフォールに続いて、アルルも深々と一礼。

「一生懸命頑張りますので、よろしくお願いします！」

こちらは動作も声色も清純そのもので、一切の悪気を感じさせない。

この人事はかなり大胆だ。当然反対も多かっただろうが、カーリアス国王がそれを抑えた上での采配だろう。

だが、人の本質をよく見抜いているとは思う。

アルルは極めて善良で、ロシュフォールは口ぶりはさておきそのアルルのために生きるような人間だ。

下手に疑って引き離したりするよりも、二人を共に使う方が正しい。

そして騎士アカデミーに配属しようというのは、飛空戦艦と同じくヴェネフィクや天上領の教主連合側への角を立てるのを抑えるため。

特に天恵武姫であるアルルの重要度は、飛空戦艦どころの騒ぎではない。

――というのが表向き。カーリアス国王には、もう一つの目的があるだろう。

ロシュフォール達とまた戦いたいと言っていた、イングリスに対してだ。

教官として送り込んでやるから、好きなだけ戦うがいいという事である。

ただし問題を起こさないように責任は持て、と。

イングリスにはこの人事が、カーリアス国王からのご褒美にしか思えないのである。

人の心が分かる王だ。素晴らしい。

「ロシュフォール先生！　アルル先生！　わたしはお二人を歓迎します！　さあでは早速戦闘訓練をお願いします！　出来れば二人がかりで！」

イングリスはロシュフォール達の前に出る。

期待に満ち溢れた、とても純粋な瞳をして。

「え？　え……？　で、でも――今日はあの船を運ぶ作業では……？」

アルルがとても困った顔をする。

「そういう事だなァ。そんなにヒマではないのだよ、我々は」

「では、作業が早く終われば戦闘訓練に付き合って頂けますか⁉」

「正規の授業時間内であればなァ――課外授業はお断りだよ？」

「分かりました！　では、すぐに……！」

と、イングリスはアルルに向かって手を差し伸べる。

「アルル先生、お手伝い頂けますか？」

「え、ええ……私は何をすればいいですか？」

「はい。ちょっと武器化をして頂いてよろしいでしょうか？」

イングリスはぴっと指を立て、にっこりと告げる。

「えええぇぇっ⁉　そ、それはそんな気軽に使っていいものでは……！　イングリスさんもよく知っているでしょう……？」

狼狽えるアルルにイングリスは耳打ちする。

「ええ、ですがわたしはアルル先生を使っても平気ですので。虹の王はエリスさんとリップルさんに武器化して頂いて倒しましたし、この通り今も元気です」

「そ、それは――はい。話には伺いましたが……」

「お願いします！　とても大事な事なんです！　決して悪いようにはしませんから！」

「で、でも――」

アルルは救いを求めるようにロシュフォールの方を見る。

「いいんじゃないかなァ？　生徒の自主性を重んじるのも教師の務め、という奴だなァ。決してこの武闘派娘には何を言っても無駄だから、もう好きにさせろと匙を投げているわけではないよ？」

「ははは……」

思わず苦笑をするアルル。それを見てラフィニアが唸っていた。

「うーん。拳を交えて分かり合うって、やっぱりあるのね……ロシュフォール先生はクリスへの理解力が高いわ」

「それって、男の人同士の事でしょう？」

「ですがレオーネ、イングリスさんはそこらの殿方より余程戦いをお好みですわ。でしたら当て嵌まるかも知れません」

「そ、それは否定できないけどね……」

「ま、天恵武姫を完全に使いこなすというならば、その業を見て盗みたいというのもあるがなァ。それでこそお前を身も心も我が物にしたという事なのだよ、アルル」

「ロス……」

アルルは恥ずかしそうにしながらも、満更でもない様子である。

そのやり取りに、レオーネとリーゼロッテが食いつく。

「身も心も……？　わあ、ひょっとして……」

「お二人は――そういう事ですの……？」

「うん、そうよ。ラティとプラムにも負けてない……ラブラブよ！」

ラフィニアはきりりとした表情で断言する。

「おいこら俺達は関係ないだろ……！　巻き込むなっ！」

「でも事実よね？　リーゼロッテ？」

「そうですわね」

「おお？　何か見たの二人とも？」

「ラフィニア達が先に戻った後もアルカードの野営地で……」

「時折物陰にお隠れになって、あんな事やこんな事を……」

と、二人とも少々顔を赤らめている。

それだけ刺激的なものを見た、という事だろうか。

プラムが真っ赤になってあたふたし始める。

「あわわわ……！　ご、ごめんなさい……！　ラティったら、一度そういう事を覚えたら結構積極的で……！」

「くわーーーーーーー！　止めろおおぉぉぉぉぉっ！」

何か話が明後日の方向に飛んで行ってしまった。

「ああ……春、ですね——何だか無性に全てを破壊してやりたい気分になりますねえ」

「校長先生、物騒な事を言っていないで、不純異性交遊は厳しく取り締まって下さい。特にラニについては……いえ、ラニだけで結構ですので」

ラティとプラムはもう婚約者なのだから、何をしていようが構わない。

ロシュフォールとアルルも美しい関係だろう。

が、ラフィニアはダメだ。絶対に。

恋人や不純異性交遊など絶対に許さない。まだ早い。

「はいはい皆さん！　本来の作業に戻りますよお」

ミリエラ校長が気を取り直し、パンパンと手を叩く。

「というわけでアルル先生、作業を早く終わらせるためにもご協力をお願いします！」

「は、はい……分かりました。信じますね？　イングリスさん」

今度はイングリスが差し出した手に、アルルはそっと手を重ねてくれる。

そして眩(まばゆ)い輝きがその場に満ち溢れ、アルルの姿は変化して行く。

「「「おおおぉぉぉっ⁉」」」

「「「こ、これが天恵武姫(ハイラル・メナス)の武器化か……⁉」」」

皆が歓声を上げる中、アルルはいくつもの宝玉の埋(う)め込まれた、黄金の盾(たて)へと姿を変えていた。大きさもかなりあり、イングリスの姿を覆(おお)い隠してしまいそうな程(ほど)だ。

「盾……！　凄く大きな……！」

「でもとても綺麗ですわ……！」

「すげえ迫力(はくりょく)だな！」

「強そうですね……！」

『イングリスさん……！　だ、大丈夫ですか⁉』

アルルの心配そうな声が頭の中に響(ひび)く。

「はい。平気ですアルル先生。そちらから何かおかしな所は感じられますか？」

『な、何も……それが逆におかしいと言えばおかしいですけど……』

「そうですか。ではさっそく、本来の作業に移りましょう！」

イングリスはアルルの言葉に一つ頷(うなず)き、黄金の盾を背負って両手を空ける。

そうして大水路の浅瀬(あさせ)に足を踏(ふ)み入れ、飛空戦艦に両手を触(ふ)れさせた。

「よし……！」

『ど、どうするつもりですか……？　私は使わないんですか？』

「いえ、使わせて頂きますよ？」

ただし、盾として使うわけではなく――

「では、行きます！」

神行法(ディバインフィート)！

イングリスの足元に、水面の波紋(はもん)のような光が広がる。

そして次の瞬間(しゅんかん)、イングリスの目の前の景色は一変。

ボルト湖畔(こはん)の機甲鳥(フライギア)ドックのすぐ近くに移動していた。

そして目の前には、水面に浮かぶ飛空戦艦。

飛空戦艦ごと神行法(ディバインフィート)でここまで移動したのだ。

扱(あつか)い慣れてくると、一歩をこれだけの距離(きょり)に伸ばす事も可能。

これ程大きくて重いものを一緒(いっしょ)に運ぶのは初めてだったが、問題なく機能したようだ。

また一歩神行法(ディバインフィート)の扱いが上達した、と思える。

もっともっと距離を伸ばして行く事も可能だろう。

本来神行法(ディバインフィート)は、一歩で無限の距離を進む神の移動法なのだ。

「よし、作業完了（かんりょう）ですね」

イングリスはにっこりと満足そうに頷く。

『えええええええええええええええええっ⁉』

アルルの悲鳴のような驚愕（きょうがく）の声が頭の中に響く。

『な、何ですかこれは……⁉　こんな事が出来るなんて、私知りませんでしたよ……⁉』

「裏技（うらわざ）ですね？　アルル先生のおかげです」

武器化天恵武姫（ハイラル・メナス）を手にして、力が増幅（ぞうふく）された時のみイングリスが使えるようになる秘技である。

戦いだけでなくこういう事にも使用でき、とても応用の幅（はば）が広い技術だ。

『う、裏技……⁉』

「はい、では戻りますね」

再び神行法（ディバインフィート）。

イングリスはラフィニア達の所に戻っていた。

「校長先生、作業完了しました」

「へっ……⁉　あ、ええ――あ、今ボルト湖畔まで瞬間始動したんですかあ……⁉」

「はい。飛空戦艦は機甲鳥（フライギア）ドックの横に置いてあります」

とイングリスが言うと、リーゼロッテが素早く奇蹟の翼で空に舞い上がり、ボルト湖の方に視線を向ける。

「ほ、本当ですわ！　あちらに飛空戦艦が移動しています……！」

「「「おおおおおぉぉぉっ！」」」

「「「やったあ！　面倒くさい作業はナシだぜ！」」」

生徒達も歓声を上げ――

「ではロシュフォール先生、アルル先生。戦闘訓練をお願いします、たっぷり時間はありますよね？」

「やれやれ――こんな全く理解も説明も出来ん絶技を披露しておいて、何を私から学ぶ事があるのかなァ？　単なる教官イジメだよこれは？」

ロシュフォールはため息を吐きつつ肩をすくめる。

「し、仕方ありませんね……ロス。お約束はしてしまいましたし――」

「ま、胸を借りるのも悪くはないがねェ。人間どんな境遇に身をやつそうが、己を磨く事からは逃れられんものだからなァ」

「はい。共に切磋琢磨して下さい、先生！」

「美しい青春だなァ。では他にも戦闘訓練に参加したい者はいるかァ？」

「はい！　私も参加させて下さい……！」

と、一番に手を挙げたのはレオーネだった。

「では、わたくしも――」

リーゼロッテも手を挙げ、他にも何人もの生徒達が手を挙げる。

「ま、まあ新任の先生方と親睦（しんぼく）を深める意味では、それもいいかも知れませんね……」

ミリエラ校長がそう呟（つぶや）く。

「プラム！　あたし達は機甲鳥（フライギア）ドックで戦艦をペイントしに行こ！」

「はい、そうですね！　ラフィニアちゃん！」

「クリス～！　ちょっとあたし達も機甲鳥（フライギア）ドックに運んでくれるー？」

「うん、分かったラニ」

「待ってえぇえっ！　それは待って下さぁぁぁぁあいっ！」

ミリエラ校長が慌（あわ）てて悲鳴を上げていた。

あとがき

まずは本書をお手に取って頂き、誠にありがとうございます。

英雄王、武を極めるため転生すの第八巻でした。楽しんで頂けましたら幸いです。

個人的には、今巻で一巻最初の書き出しの時から考えていたシーンを書くことが出来て大満足です。

ここに至るために色々フラグを積み立てて書いて来たので、ゴールした達成感的なものがありますね。

当初は五巻くらいでここに到達する想定だったんですが、結果八巻かかっているので、まあ色々と想定外な事もありましたが、とにかくよくここまで来られたものです。

で、いざ最初に思っていたゴール地点に来たらまだ先行っていいよって言って貰っているような状況なので、喜んで隠しゴールに向かわせて貰おうと思いますが。

ただ、その隠しゴールってどう行くのって言われると。。さあ？　って感じです！

こんなに長く作品が続いた経験が無いので、長期シリーズの続けて行き方ってどうするねん？　っていう所が全くの手探りというか……

こういう時経験のある諸先輩方に話を聞いて見たくもあるんですが、残念ながら相談できる作家仲間が皆無という！

他の作家さんとの交流って意味では、年イチでHJ文庫さんの授賞式が以前はあって、そこで色々話が聞けたんですけど、今は無くなっちゃいましたからね。仕方ないですが。あれ楽しかったんですけど、二次会を次にアニメ化する作家さんが奢ってくれるノリになっていて、もし今年あったら僕が奢ってた所でしたね。二、三十人分……

兼業でぼっち作家なのは別に寂しくないですけど、専業でぼっち作家は寂しいというかちょっとアカンのではないかと思い出している所です。人脈とか情報収集的な意味でも。

視野が狭いと、自己流が通用しなくなった時に立て直す切っ掛けが無いというか。

専業でやる以上、今が良ければいいんじゃなくて、長く続ける工夫をしないとです。

なので、誰か僕の作家友達になってくれ。。！

最後に担当編集N様、イラスト担当頂いておりますNagu様、並びに関係各位の皆さま、今巻も多大なるご尽力をありがとうございました。

今巻の表紙、神々しくて素敵です！　またPCの壁紙を更新してしまいました！

それでは、この辺でお別れさせて頂きます。

次巻予告

天恵武姫たちの真の力を揮い、
虹の王の撃破に成功したイングリス。

しかし目指すは更なる高み——

天恵武姫の力に頼らず、
改めて単独での虹の王撃破を目標に
日々邁進することを誓うイングリスだが、

次なる試練はなんと……
お見合い!?

「わたしを妻にしたい
というのであれば、

わたしを
倒してからに
して頂きましょうか!?」

HJ文庫

HJ文庫 https://firecross.jp/
1020

英雄王、武を極めるため転生す ～そして、世界最強の見習い騎士♀～ 8

2022年8月1日　初版発行

著者―― ハヤケン

発行者―松下大介
発行所―株式会社ホビージャパン

〒151-0053
東京都渋谷区代々木2-15-8
電話　03(5304)7604（編集）
　　　03(5304)9112（営業）

印刷所――大日本印刷株式会社

装丁――BELL'S GRAPHICS ／株式会社エストール

Printed in Japan

ISBN978-4-7986-2886-8　C0193

その手に禁断の魔導書をダウンロードせよ!

量子魔術の王権魔導(レガリアコレクション)

著者／ハヤケン　イラスト／ｍｉｚ２２

プログラム化された魔術を行使する量子化魔術。聖珠学院科学部は、その末端の研究組織である。部に所属する二神和也は、日々魔術の訓練に励んでいた。ある日、妹の葵が狼男のような怪物にさらわれる事件が。和也は、最強の魔術式を得て葵の救出に向かった！

シリーズ既刊好評発売中

量子魔術の王権魔導(レガリアコレクション)

最新巻　量子魔術の王権魔導(レガリアコレクション)2

HJ文庫毎月1日発売　発行：株式会社ホビージャパン

朝比奈さんの弁当食べたい 1

著者／羊思尚生
イラスト／U35

嬉しくて、苦しくて、切なくて、美しい。

感情表現の乏しい高校生、誠也は唐突に同じクラスの美少女・朝比奈亜梨沙に告白した。明らかな失敗作である弁当を理由にした告白に怒った彼女だったが、そこから不器用な二人の交流が始まる。不器用な二人の青春物語。